独角兽书系

Hugh Howey

异星记

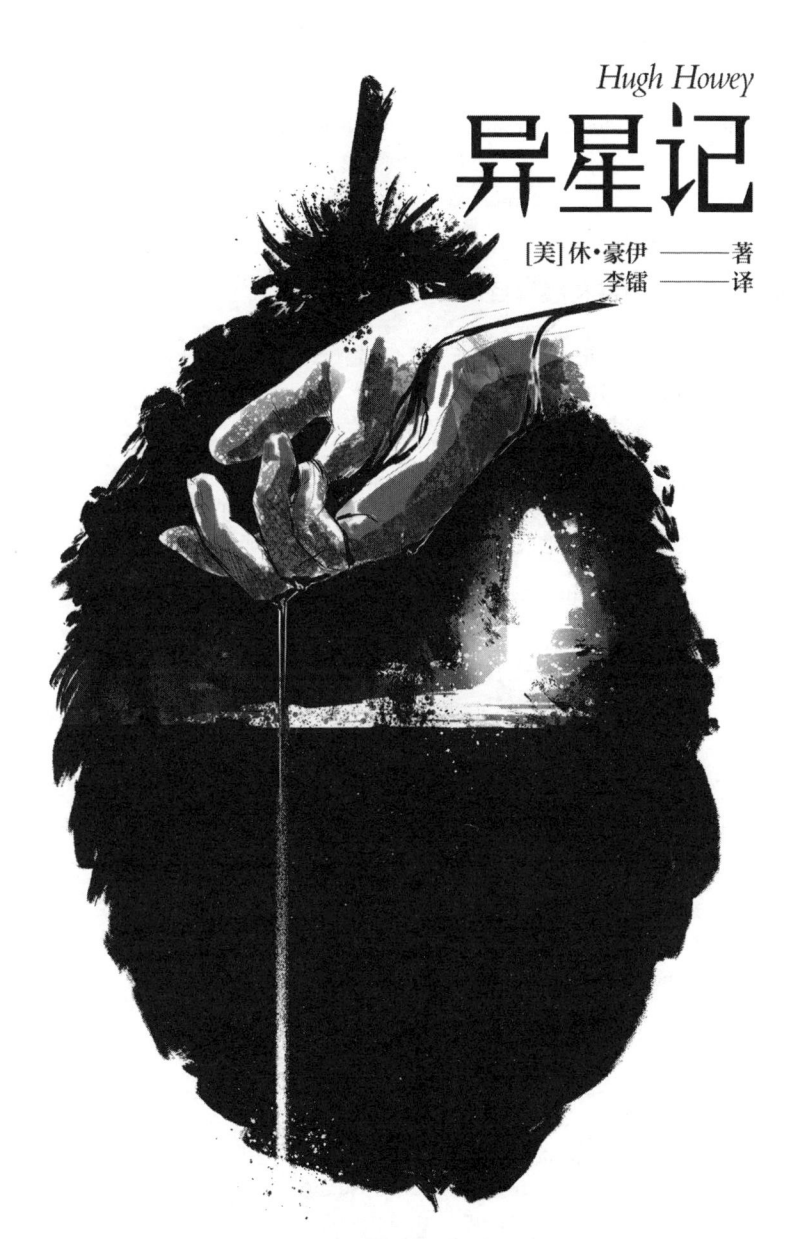

[美] 休·豪伊 —— 著
李镭 —— 译

HALF WAY HOME

重庆出版集团 重庆出版社

HALF WAY HOME

Copyright © 2019 by Hugh Howey
Published by agreement with Nelson Literary Agency,LLC
through The Grayhawk Agency Ltd.
Simplified Chinese translation copyright © 2022 by Chongqing Publishing House Co., Ltd.
All rights reserved.

版贸核渝字(2022)第031号

图书在版编目(CIP)数据

异星记 /(美)休·豪伊著；李镭译. —重庆:重庆出版社, 2022.10
书名原文:HALF WAY HOME
ISBN 978-7-229-16809-4

Ⅰ.①异… Ⅱ.①休… ②李… Ⅲ.①幻想小说—美国—现代 Ⅳ.①I712.45

中国版本图书馆CIP数据核字(2022)第077230号

异星记
YI XING JI

[美]休·豪伊 著
李镭 译

责任编辑：魏雯 郭思齐
装帧设计：文子
责任校对：刘小燕

重庆出版集团 出版
重庆出版社

重庆市南岸区南滨路162号1幢 邮政编码：400061 http://www.cqph.com
重庆出版社艺术设计有限公司 制版
重庆市国丰印务有限责任公司 印刷
重庆出版集团图书发行有限公司 发行
E-MAIL:fxchu@cqph.com 邮购电话：023-61520646
全国新华书店经销

开本：890mm×1230mm 1/32 印张：9.125 字数：176千
2022年10月第1版 2022年10月第1次印刷
ISBN 978-7-229-16809-4
定价：59.80元

如有印装质量问题，请向本集团图书发行公司调换：023-61520678

版权所有 侵权必究

献给卡尔·默里尔

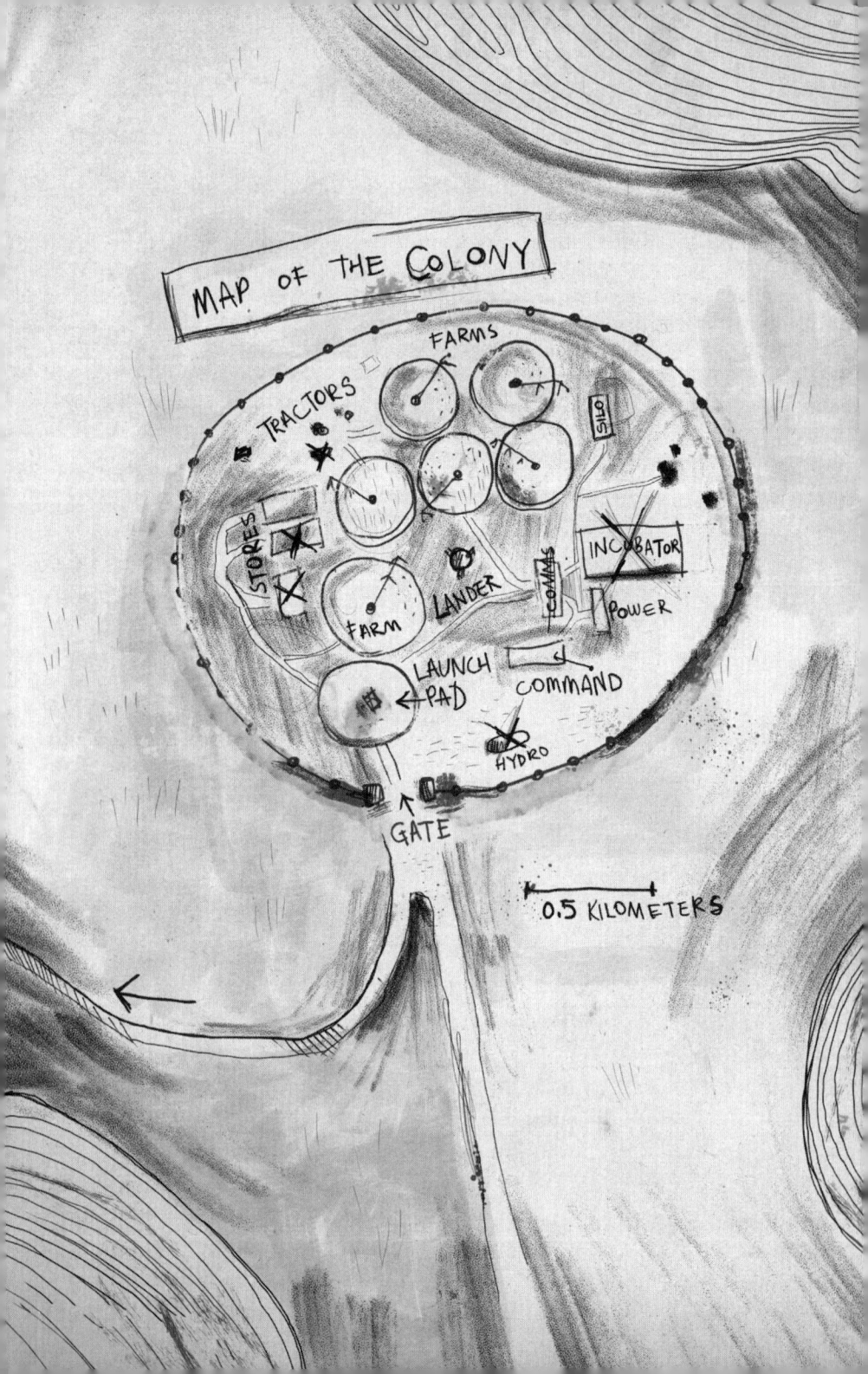

MAP of the COLONY

- FARMS
- TRACTORS
- SILO
- STORES
- INCUBATOR
- LANDER
- ECOWASH
- POWER
- FARM
- LAUNCH PAD
- COMMAND
- HYDRO
- GATE

0.5 KILOMETERS

MAP OF THE COLONY

中英文对照   殖民基地比图

TRACTORS 拖拉机
FARMS 农场
STORES 仓库
SILO 筒仓
FARM 农场
LANDER 殖民飞船
COMMS 通讯模块
INCOBATOR 培养槽模块
POWER 能量模块
LAUNCH PAD 火箭发射台
COMMAND 指挥模块
HYDRO 液氢储罐
GATE 大门
0.5KILOMETERS 0.5公里

目录 / Contents

- 001　休·豪伊的成功，不仅来自自出版
- 002　第0章　本应如何

009　第一部　离开培养槽
- 010　第1章　流产
- 016　第2章　指挥模块
- 025　第3章　哀悼
- 040　第4章　搜集物资
- 045　第5章　葬礼
- 049　第6章　火箭
- 054　第7章　殖民
- 061　第8章　震动
- 066　第9章　黄金子弹
- 072　第10章　命令
- 077　第11章　崩溃
- 083　第12章　失踪
- 090　第13章　覆盖

| 096 | 第 14 章 | 晴空 |
| 102 | 第 15 章 | 外面 |

109	**第二部**	**进入未知**
110	第 16 章	老朋友
122	第 17 章	坡度
129	第 18 章	肉
140	第 19 章	屠宰
149	第 20 章	上树
156	第 21 章	坠星
160	第 22 章	黑暗
162	第 23 章	一片孤独的天空
168	第 24 章	蓝色
174	第 25 章	暴雨
182	第 26 章	下树
195	第 27 章	会合

209	**第三部**	**回到我们的根源**
210	第 28 章	隧道
216	第 29 章	你的同伴
222	第 30 章	挖洞
231	第 31 章	更多死亡
234	第 32 章	原因
243	第 33 章	计划
250	第 34 章	死刑
257	第 35 章	心理
271	第 36 章	载荷

| 275 | 译后记 |

休·豪伊的成功，不仅来自自出版

2011年，亚马逊自出版栏目下悄然出现一本短篇小说，售价很便宜，只要0.99美元，不过故事本身非常精彩，所以短短几个月里就卖出了几千份，当然也给本职是书店员工的作者休·豪伊（Hugh Howey）带去了几千美元的额外收入。这个小小的成功鼓励了作者，在随后的几个月间，作者又用同样的自出版方式发表了几篇故事，和第一篇共同组成了系列作品，并且最终成为一本长篇小说，这就是《羊毛记》的诞生。

实际上《羊毛记》并不是休·豪伊的第一部小说。在此之前，他曾经在一家小出版社出版过小说集，并且拿到了第二本书的出版合同。但是豪伊认为可以自己完成出版工作——时代和技术都已经做好了准备，于是他没有签署那份合同，而是选择了亚马逊的自出版系统来实现自己的目标。在他成名之后，类似的一幕又上演了一次。2012年，豪伊拒绝了西蒙·舒斯特（Simon & Schuster）出版公司提供的7位数报价，宁肯选择6位数报价的合同，以便保留自己发行电子书的权利。

也许是因为休·豪伊在自出版上的成功太过耀眼,虽然很多媒体对他做了采访,但大部分访谈并没有太关注小说本身的内容,而都集中在自出版的话题上。很难统计休·豪伊的成功给了后来者多少启示和激励,但确实可以举出一些受到激励的例子,比如弗雷德里克·谢尔诺夫(Fredric Shernoff)出版了《大西洋岛》(Atlantic Island),杰森·葛尔莱(Jason Gurley)出版了《埃莉诺》(Eleanor),迈克尔·邦克(Michael Bunker)出版了《宾夕法尼亚》,等等。不过这些后继者都没有达到休·豪伊那样的高度,再没有人能够像他一样凭借着自出版,在科幻小说创作领域大放异彩。

这其实揭示了一个事实:休·豪伊的成功不仅仅在于自出版这种新颖的出版方式,也与《羊毛记》的精彩密不可分。就像休·豪伊拒绝西蒙·舒斯特,坚持使用自由度更高的权力分配形式一样,《羊毛记》和他接下来的作品中都贯穿了休·豪伊式的对权力系统的反抗。

《羊毛记》是反乌托邦题材的小说。"乌托邦"(utopia)一词来源于英国的空想社会主义者托马斯·莫尔(Thomas More)在1516年的创造,取自希腊语"ou-"(οὐ)和topos(τόπος)的组合,意思是不存在的地方。More的本意是想创造一个完美的理想国度,远离社会上的一切贫穷和苦难,生活于其中的人们自发自觉地为社会做出各种贡献,人人拥有富足的生活和积极的精神。然而随着各种空想社会主义试验的失败,人们开始倾向于认为这样的完美国度不可能存在,理想主义的初衷将会不可避免地走向反人类的极权主义,大多数人都在高压下挣扎求生……这便是反乌托邦概念的由来。

　　反乌托邦题材中诞生过许多著名作品。早期有《1984》《美丽新世界》，晚近的有《华氏451》《使女的故事》，甚至还有很多跨界的作品，比如动漫《进击的巨人》、游戏《辐射》等等。休·豪伊就曾在（少数几个提及了作品内容的）访谈中坦承，《羊毛记》中的筒仓设定受到了《辐射》系列游戏中避难所的启发。不过同样很显然的是，如果只是单纯借鉴已有的设定，《羊毛记》不可能取得那么大的成功。反乌托邦题材的核心，是对权力结构的反思。休·豪伊会选择这样的题材框架进行创作，既是他创作来源、他的思考的反映，也是他为自己的故事找到了一个绝好的容器。

　　在《羊毛记》的世界中，地面环境已经不再适合人类生存，人类只能生活在名为"筒仓"的庇护所里。筒仓是位于地下的竖状结构，中间有一个巨大的螺旋楼梯，居住在不同地层的人们之间有着地位的差异，大体与所住的楼层挂钩。人们安于这种地位的差异，就像《美丽新世界》中"阿尔法（α）""贝塔（β）""伽玛（γ）""德尔塔（δ）""爱普西隆（ε）"之类的标签。你生在第几层，就有第几层的地位。它既是命运，也是不容抗拒的指令，更是超越个人和自我的庞然大物。

　　这样的设定，就像是《1984》中的纸条，以及《使女的故事》中的日记一样，让读者除了追求真相的原始冲动，也期望循着真相释放压抑的自我。当主角勇敢打破层级的桎梏，爬出筒仓时，读者也随之冲出故事的海面，发现权力的虚妄与全新的自我。

　　这种个人对抗系统、个体意志凌驾于利维坦之上的叙事，不仅是在讲述反叛精神，更是可以上溯至卢梭与柏克的天赋人权思想在文学叙事上的体现。可以说，所谓的反乌托邦，在其科幻性的外表之下，凝练的终究是对近现代道德观念的致敬。

当然，反乌托邦终究只是一个容器和框架，至于故事是不是好看，更在于作者的叙事能力。这就像是做饭烧菜一样，同样的食材，有人做的味同嚼蜡，有人做的色香味俱佳。而说到故事情节，休·豪伊毫无疑问就是悬念设计的大师了。

《羊毛记》问世时，作者还没有多少创作经验，但彼时的叙事技巧已经隐隐有了类型文学大家的风范。他非常了解读者的心理，也非常善于设置悬念，所以一旦拿起书本就很难放下。

在《羊毛记》的世界里，由于地面上充满了有毒的空气，所以筒仓与外界毫无连通，唯一能查看外界情况的只有竖在地表的摄像头，但这个摄像头很容易被地表肆虐的沙尘暴弄脏，需要不时派人出去擦拭，而每个出去的人又都必死无疑，所以出去擦镜头便成了筒仓世界的极刑，唯有犯下弥天大罪才会被赶出去擦镜头。但是，只有犯人一个人出去，没有人看押他们，怎么保证他们一定会乖乖去擦镜头？然而最令人诧异的就在这里：每个被放逐的犯人真的都会把镜头擦得干干净净，然后迎来自己的死亡……

源自俄国形式主义的故事论将故事与情节做了严格的区分。前者是按时间顺序把发生的事情按部就班讲述出来，但后者则是以更具戏剧性效果的方式对发生的事情进行重组。休·

豪伊显然是个中好手,他将故事切成无数碎片,紧紧攫住读者的好奇心,让读者不得不追随情节的发展,就像《1984》中的纸条与《使女的故事》中的日记所起的作用一样。

在《羊毛记》之后,豪伊又写了前传《星移记》和后传《尘土记》,分别讲述了筒仓世界的由来和最终的结局。在写完"羊毛记"系列的大故事之后,休·豪伊继续丰富着自己的幻想宇宙,陆续写作了《异星记》《信标记》《潜沙记》《离沙记》。故事发生在空渺宇宙中航行的飞船里、发生在完全陌生的异星世界中、发生在熟悉又疏离的未来地球上……这些故事各有各的精彩,不过总的来说,对权力的反思和反抗始终是所有故事的思想基调,悬念设置和细节塑造也显示出叙事技巧的高妙。

休·豪伊受惠于亚马逊,但在这个科技与权力密不可分的时代,他并没有停止对权力的反思。他的个人博客最后一篇更新是在2022年4月,对于伊隆·马斯克收购推特一事的评论。他在文章里说"通过掌控话语而获得权力,历史中充斥着这样的例子""所有人都在试图向世界广播,操控众人的注意力,为自己聚集更多的追随者,获取,获取,获取,布道,布道,布道。这是无度的时代,而我们是其中的居民"。从出版至今,11年过去,他仍旧在用自己的方式反思,他的博客中,仍然有着如第一本《羊毛记》般蓬勃的愤怒和挣扎。这点是很不容易的事情,或许也是他的创作动力所在。

这次,重庆出版社的独角兽书系一次性出版七部作品,基本上算是将他的代表作一网打尽了。

2021年Apple TV宣布启动《羊毛记》的改编计划，并且已经于2022年5月拍摄完毕，这意味着我们有望在2022年底或2023年初在屏幕上看到筒仓世界的故事——在此之前，就让我们先通过文字领略作者讲述故事的神奇能力吧。

——丁丁虫

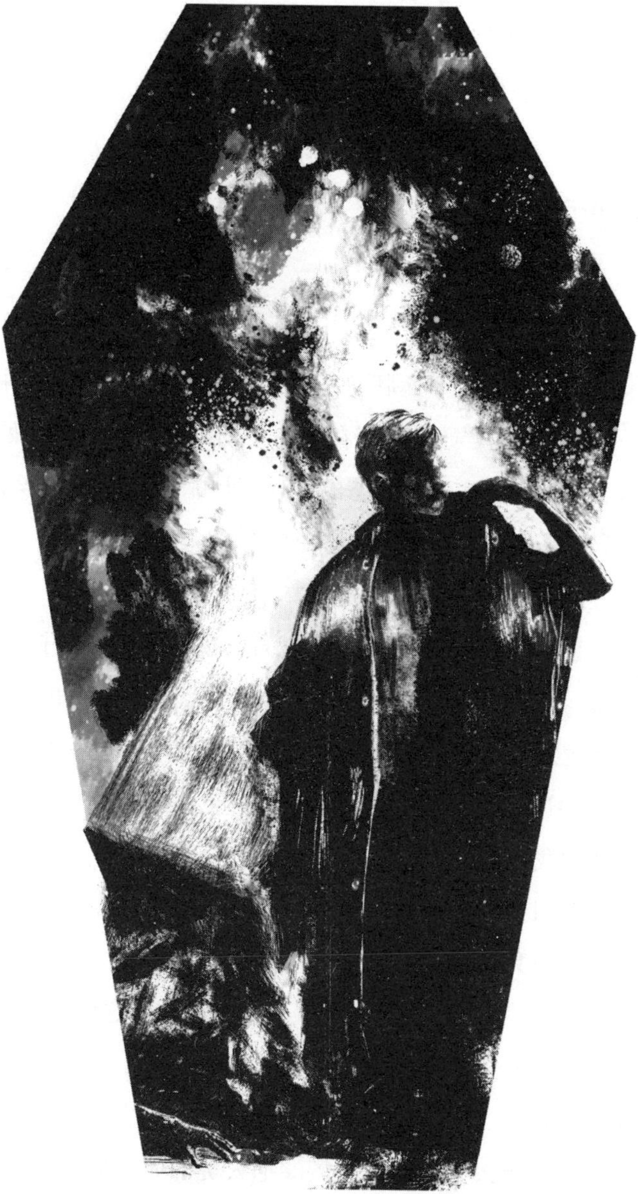

第0章 本应如何

我曾经是一个囊胚,一小团混杂在一起、彼此黏附的细胞,一颗受精卵。当然,我们在生命中的某个阶段全都会处于这种状态。不过我在这个状态的表现可是非同寻常,肯定会超过你。毕竟我作为一个囊胚比作为一个人的时间还要长。

说实话,足足长了几百年。

直到今天,我还是很愿意把自己想象成那种样子:没有具体形态,不断颤动,已经成熟并且充满了潜能。脑子里的这种想象让我觉得自己仿佛还没有出生,仿佛我们可以让一切重来一遍,最终到达一个完全不同的目的地。也许会有一个全新的、更加完整的我。

但回到过去就像超光速移动和生命暂停一样,是绝不可能的——都只是想象而已。这些想法都很神奇,只是它们全都处在与"可能"相对的另一面。至少就我所知是这样。

因此才会有这些颤动的潜能之卵——也就是我的殖民者同伴和我。

还有什么更好的方法能够把人类的光辉播撒到群星之上?

想象一下,若非如此,那些殖民飞船就必须有小卫星那么大,还要在里面塞满物资,好供养这么多人生活、进食、呼吸、排泄。这样的方舟完全不切实际,就算它们被建造出来,进入宇宙,在它们碰到遥远太空中的某块岩石之前,乘坐它们的殖民者先要经历数百年沉闷的封闭生活,进行繁殖,爆发内讧,最终难免死于疯狂。而且,如果它们碰到的那块岩石被证明无法供人类生存,又该怎么办?

更加合理的方案当然就是将我这样的胚胎发射进太空。只需要屈指可数的设备就能维持我们的生命。尤其是考虑到星际殖民行动的失败率大约是百分之五十——每一艘殖民飞船都是一枚被扔进宇宙、不断翻转闪烁的硬币。硬币的一面印着"成功",另一面印着"失败"。

而这场游戏——你的游戏——就是要确定硬币落到了哪里。

每一枚硬币的建造费用是九千亿。也许有人会好奇,为什么一个国家会冒这种风险?我觉得这意味着一个国家将会拥有一整颗行星:行星上所有的资源、珍贵的宜居之地以及进一步扩张的跳板。就像是一个岛屿获得了一片大陆。而且,如果你不这样做,也会有别人这样做,对不对?这就意味着你必须采取行动。

行动的奖励是极其丰厚的。仅仅是一项有用的外星基因序列专利就能为随后的数次外星殖民提供充足的资金。所以,尽管这是一场巨大的赌博,但它也可能是极为有利可图的赌博之一。于是它变成了最富有的国家维持自身财富的一种方式。就像一台每隔一枚硬币就会吐出一次头奖的老虎机。

这就是"成功"的含义:一颗收获超过风险的行星。一份"头奖"。当然,这份头奖不属于那些亲身承担风险的殖民者,而是属于送出他们的国家。我打赌,这其中一定涉及不少极尽复杂的公式,像我这样的人完全无法理解。因为你为我选择的职业,我更擅长于理解人类大脑的变幻莫测。不过我也能想到,可以成为我们新家的行星必须拥有相当于其总质量百万分之一量级的大气层,也许这颗行星的质量也必须在一定参数范围内。而且很明显,那里不能有一群群强悍无敌的掠食者四处游荡。

我相信,要确定一颗行星是否宜居,需要审核上百万个变量。但无论需要多少条件,仍然有半数行星能够通过评审,成为有开发价值的目标。而我们这些小囊胚得到的奖励就是一次化学激活——一剂简单的化合物,恢复我们的细胞分裂进程,就好像我们还在母亲的子宫里一样。

然后,我们通过羊水进行呼吸,获取营养,慢慢变成胖乎乎的婴儿、听话的儿童,直到完全成熟的成年人。与此同时,你写好的培育程序将我们需要掌握的知识传授给我们。我需要掌握的就是照料殖民者同伴们的心理需求——本质上相当于为你的引擎中的肉体零件添加润滑油,并在这些零件出现破损时将它们重新组装好。

这个成长过程一般会持续三十年。在培养槽中浸泡三十年,不断得到完美的营养供给,全身肌肉在电极刺激下越来越强壮。我们一共有五百人，离开生长容器的时候就已经在各自的领域成为专家。从此我们将开始征服新世界的艰巨任务。我们是执行这个任务的第一代，之后可能还要有数百代人不断努力，才能让一整颗行星完全臣服，贡献出它的资源，揭晓它的秘密，让位于宇宙远方另一块岩石上的一个古老国家能够收回自己为殖民行动所付出的投资，并获取惊人的利润。

与此同时，我们还要为新一轮的扩张进行各种物料储备。在我们将要弹起的拇指上，一枚新的硬币已经准备好飞向太空。

在这孕育生长的三十年里，我们的殖民飞船还要尽全力准备好我们的新家。当我们醒来的时候，会发现家园一直在和我们一同成长，各种各样的设备分别履行着自己的使命。飞行了万亿英里的拖拉机被启动，开始翻耕土地，开拓出我们所需要的农田。采矿机械从地壳中挖掘出大量矿石，为冶炼机械提供原料，提炼出各种金属，让铸造机械可以制成，嗯……制成更多的机器。

我们之中也许有人会感到奇怪，开发行星有这些机器大概就够了，为什么我们还要跑到这里来？不过我们也都会依照各自受到的训练去完成各种工作——也许还很快乐，因为我们不知道或者不期待还有其他的生活方式。有一天，也许我们会变得充满进取心，就像曾经的你那样，渴望占领和征服新世界，因为真正的战利品远比通过人造卫星传回的信号更有价值；也将让那些装满了矿物和矿石、慢吞吞的货船相形见绌。

不，这个可恶的过程有着真正的诱人之处，那就是永恒不灭。共同的基因和想象边界所形成的忠诚轻易就能延伸到许多光年以外。知道你的孩子就在远方，生活在另外一颗行星上。哪怕照耀那颗行星的恒星死亡，他们的生命仍然将延续下去，你的子孙会比那颗你从未见过的恒星活得更久，会一直生存下去。

海量的财富和永恒的延续，一切都只因为一枚抛出的硬币。

当然，这是"理想"的情况。同时还有另外一半殖民行动。它们总是那样简单而短暂。AI在计算那些复杂公式时，有些东西出现了偏差——没有人知道是为什么，也没人知道误差有多严重。有毒的大气、过于强大的重力、不完善的轨道在狂野的季节性波动中受到影响，频繁的灭绝性天体撞击……这些状况中的任何一种都会给殖民地带来厄运。而数百光年的空间阻隔让这些状况都不可能被确切地计算出来。你的恒星光谱仪以及相关的精算表——那些东西只能做出可能性最大的猜测，然后就要弹起拇指。这终究只是一场概率的赌博。

"失败"。当AI计算出这个结果，养育我的设备将不会用分子触发器来启动我的细胞分裂，而是会发射一颗化学子弹，让我和我的殖民者同伴们液化。一些工程师将这种事称为"流产序列（Abort Sequence）"。五百个没有成形的人类被酸液摧毁，整个殖民设施被付之一炬，然后用核爆确保连灰烬都不会存留。

也许有人会觉得设计出这种程序的工程师实在是缺乏幽默感——作为一个险些被"流产"的胚囊，我也同样对此感到深恶痛绝。即使知道了这个词的词源，我依然认为这只是嵌入在人类历史中的残酷巧合之一。这个词最初被创造出来，是为了描述终止意外怀孕,后来被航空工业用在了被终止的实验上。因为行星殖民的残酷性,这个词又以一种奇怪的巧合回归了它的本意。

"为什么会有流产序列?"也许有人会这样问。为什么要将这样庞大的投资变成一片热灰,再用核爆彻底将它消灭?如果不理解知识已经变得多么宝贵,就很难明白为什么要这样做。当不同的国家为了争夺这么多新疆域的统治权而发动战争时,理念就转化成一种新的货币,得到所有人的认可,并且可以即时流通。知识产权成为了一种瞬息多变的黄金,一种无价的人工制品,没有重量和形态,可以被藏在大脑的褶皱中,被偷运到任何地方而不被发现。各种小道消息也会被心怀叵测的人用来换取真正的财富,或者像瘟疫一样被口风不紧的人四处传播。

数据,我们的数据。信息和专利现在受到了所有人的追逐。

在所有种类的数据中,也许没有什么能够像我们的殖民 AI 一样受到如此严格的保护。和我们一样,它也是我们祖先的一种克隆。所以在这趟漫长旅程中陪伴我们的化学子弹、焚烧系统和核弹也是为它准备的——所有这一切的运输成本都很低,不需要排泄、呼吸和繁殖。

这些都是计算结果。你的计算结果。成功或者流产。扔出的一枚硬币。开启或关闭。1 或 0。工程师和科学家都喜欢这种二分法。刚性的边界使得他们的智力活动具有了切开数据,取得"真理"的能力。

作为一名心理学家,一个"软"科学领域的人,这种清晰的理性让我满心羡慕。就连量子物理学家也有他们的坍缩波函数,能够将模糊性转化成数字,让它们变得像其他一切理性探索领域一样精确和可知。

然而问题是,这样的选择不属于真正的二分法。你却并不知道,对吗?你没有预见到还会有第三种可能性。一个计划以外的可能,因为它对你来说是完全无法想象的。通过将成功或失败的选择留给人工智能——一个为了模拟我们自己的思维而建立的意识——你的工程师们创造出一个新的问题,一个属于我这个心理学家探索范畴的问题。

一个"软"问题。

两种选择,成功和失败,它们都经过精心策划,有明确的应对预案。只是,如果你抛出硬币的次数足够多,让足够数量的殖民飞船进入太空,总会有"其他"情况发生。统计学早已表明,一些奇迹是不可避免的。派出数千、数万、数十万艘殖民船。每一艘都是一枚不断翻转的硬币。最终总会有一枚会让你感到意外。

一枚边缘先碰到地面的硬币,然后就竖在地上,即使有些摇晃也不会倒下,充满了可怕或可敬的潜力。它不是头,也不是尾,只是"其他"。

以下就是对这样一枚罕见硬币的描述。

这就是我的家园的故事。

离开培养槽

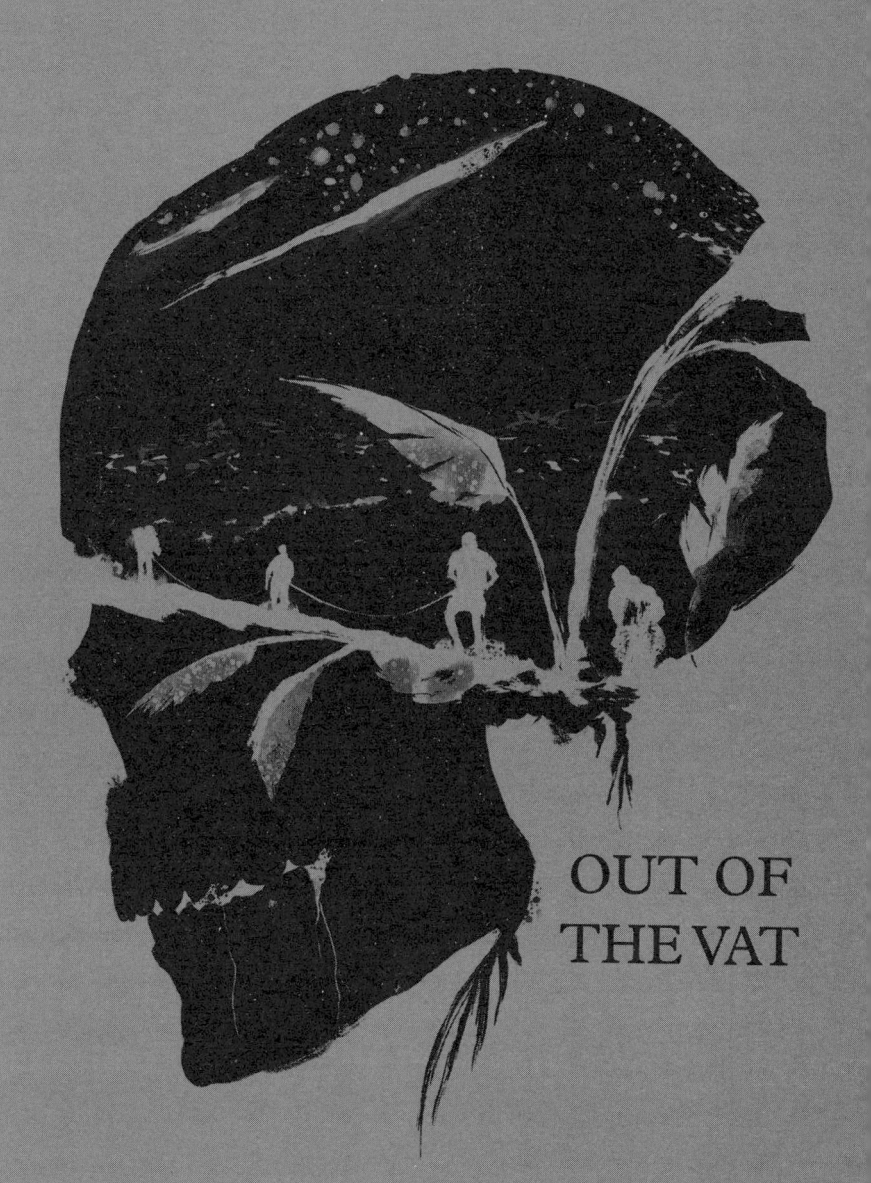

第一部 PART 1

OUT OF THE VAT

第1章　流产

我第一次睁开眼睛的时候是十五岁。十五岁,还不算成年,正是介于男孩和男人之间的年纪。在那一刻以前,我一直在从直接灌输进大脑的影像中学习各种知识。当我的身体在培养槽中不断长大,我的意识也被虚拟课程和生活经验所填满。

伴随我长大的训练程序总是不停地变化着,说不上有什么顺序和规律。我的世界里经常只有我自己和以若干不同形象出现的殖民AI。它会变成几个虚拟学生,为我进行示范,或者帮助我免于发疯。一分钟以前,我还在树林中散步,倾听殖民讲座。随后我却出现在一场咨询中,装作为两名无法融洽相处的虚拟殖民者进行治疗。这种意识的颠簸对我而言是绝对正常的,因为它就是我所知道的全部。

然后,我醒了,看到真实的世界,牢固,缺少变化,让我觉得很不合理。

我发现自己是在一个方形玻璃柱中。我注意到的第一件事是一个女孩在与我相邻的一个大培养槽中苏醒过来。浓稠的羊水顺着我们赤裸的身体流下。我脚边的排水口汩汩作响,浸没我的液体也随之下降。气泡从排水口漂上来,在液体表面炸裂。我吐出充满在肺叶中的淡蓝色液体,又继续不停地干呕、咳嗽——我的身体在第一次呼吸的时候就本能地知道要怎样去做。我颤抖着、喘息着。我周围的空气很冷,却能灼伤我的肺,将我烧焦的同时又把我冻僵。

我抹了一把被刺痛的双眼,意识中充满了混乱与困惑。我刚刚还在学习回溯疗法,现在却发现自己来到了一个陌生的地方,全身一丝不挂,而且还不是一个人。不穿衣服出现在公众场合——我曾经被教导过该如何解释这样的梦境,但面对这个讽刺的现实,我只感到无所适从。

旁边培养槽里的女孩软绵绵地向我倒过来,和我只隔着一面玻璃。她的肩头平贴在玻璃表面,脖子在她咳嗽和擦拭眼睛的时候绷得很紧。我们两个带着一场痛苦死亡所产生的全部痉挛和恩典进入了我们的人生。

我的培养槽从一侧滑开,一阵嘈杂的声音袭击了我从没有使用过的耳朵。就如同我的视觉一样,我的确"听"过十五年的声音。但那只是我大脑中的听觉中枢受到直接刺激的结果。而这种针对于肉体的、密切的、声音的暴力,这种压迫全身的噪声,就好像是第二种心跳,让你能够从骨头里感觉到它的震动。

尖叫声。有人在叫喊。还有劈啪作响……是火焰?在这一切的后面,是一种怪异的平静嗓音,仿佛正在从四面八方传过来:"保持平静。请前往出口。"

但这里没有半点平静。我也看不到出口在哪里。

如果不是我不住晃动的双腿，我一定会以为这是一场紧急演习。不管怎样，接受过各种训练模块的刺激，我的躯体已经懂得了如何进行自我平衡。只是我对现在的情况感到完全陌生。就算我的两条腿因为人工刺激而具有足够的力量，我还是很难控制住它们。

我抓住培养槽的边缘，抬腿迈出去。其他赤裸和困惑的殖民者们形成了一股细长的人流，我也加入到其中。我们像待宰的牲畜一样拥挤在空培养槽之间狭窄的过道里。其他人滑溜溜的身体不断碰触到我的身体，这种奇异而新鲜的感觉淹没了我的感官，让我更加茫然不知所措。

远处有人在高喊"着火了！"本来就已经很狭小的空间一下子充满了人类狂乱的挤压，到处都是臂肘和膝盖的撞击，双手胡乱的推搡。陌生的人们用尽全力尖叫着。在恐惧和混乱中，我们变成了剧烈颤抖的一团。许多身体仿佛许多颗纠缠在一起的细胞，组成了一个潜能非常糟糕的新囊胚。

我努力和那个女孩紧贴在一起。我们像两只小鸡一样彼此扶持着，被出壳后看到的第一件东西打下精神印记，便争先恐后地向那个东西追逐过去。在我们周围，被困在培养槽之间的队伍正缓慢地朝一个方向流动。但我却觉得我们应该走相反的方向，向纷乱的人群外面那点闪烁的亮光走。

我们之中有一半人似乎在和另一半人作对。每一个人都在一场可怕的布朗运动中抵消掉其他人的行动。直到翻滚的浓烟越来越近，我们这些试图朝亮光挤过去的人才意识到，那正是我们要躲避的危险。

恐慌在人群中蔓延。那些被活活烧死的人发出的凄厉喊嚷传入我们耳中,随后又是一阵阵可怕的气味。我仿佛看到恐慌在人们的肌肤之间闪耀起一片片火花。有人挤到了我和女孩中间。我没能抓住那个女孩。女孩的脸消失在人群中——然后我看到她伸出的一只手。人群推挤着我走向了某个看不见的出口。

我沿着狭窄的通道走了回去。一路上,我不停地回头寻找那个女孩,观察身后火焰的光芒,却只能看到火光映在通道两侧潮湿的玻璃墙壁上。随着人流将我带到安全的地方,我的一部分心思开始考虑幸存者需要的治疗:哀伤辅导,小组分享。现在这种情况极有可能出现严重的创伤后应激障碍,必须采取应对措施。

走过出口之后,我倒在地上——倒在雨夜中被许多只脚踩踏过的烂泥里。我在地上爬行,不断颤抖的身体经过泥泞的地面和四处逃散的人群。虽然心中依然满是惊恐,但我发现自己已经开始遵循多年的训练,开始思考我的责任,思考我需要做些什么以改善眼前的状况。

我的工作是帮助人们从悲剧中恢复过来,我心中想。

但那些负责阻止悲剧发生的人到哪里去了?

·◆·

夜晚和雨水裹挟着寒冷的空气不断向我们发动袭击。而升起在我们周围的火焰仿佛有一种魔法力量,完全可以藐视冰冷的风雨。化学火焰穿透了寒冷和潮湿,有力地舔噬着它们所触及的一切,并因此变得越来越强大,凶猛而令人战栗。

最后一批幸存者跌跌撞撞地走到泥地里,咳嗽着,身上冒着烟,倒在前面那些来不及躲闪的人们身上。一些人踉跄着从我们身边走过。我感觉到他们溅起的泥水,看到他们张开双臂想要保持平衡,瞪大的眼睛里尽是惊骇。在他们身后,尖叫声依然在培养槽模块中回荡。发出叫声的那些人再也不可能来到我们身边了。他们在高声求救,但我们还在忙于应付各自的新生活,没有机会救援他们。

逃出来的人实在是太少了。差不多只有五十人,或者更少——当然,我们还只是孩子,赤裸的身上只有泥土。我们咳嗽着,尝试进行呼吸。大部分人挣扎着想要远离模块。我却转头向模块爬回去,挤过向远处逃跑的人群,在他们中间寻找来自我身边培养槽的那张面孔。我需要在这个新的现实中找到一些熟悉的东西。

我发现她就蜷缩在出口处,瑟瑟发抖,浑身污泥。我们的目光交汇在一起。她的一双大眼睛色泽很浅,小小的瞳仁中充满了困惑。一层保护性的泪水覆盖在眼珠上,不断捕捉和释放着来自火焰的光芒。

我们扑倒在一起,一言不发,紧紧抱住彼此,下巴搭在对方的肩膀上,身体因为寒冷和恐惧而不断颤动。

"指挥模块!"有人在高喊。

我听到踏在泥水中的脚步声。一些殖民者跑向那个让我们得以诞生的东西,要将它从死亡中拯救出来。女孩从我身边退开,看着那些奔跑的人,又转过头,和我一起看向火焰愈发炽烈的培养槽通道。火焰中的尖叫声已经变成了痛苦的呻吟。有几百人即将在那里死去,或者已经死亡。

　　"我们救不了他们。"她用沙哑的声音说道。因为不断地咳嗽和叫喊,她的嗓音完全被撕裂了。我转向她,看到她纤柔的脖颈因为吃力的哽咽而抽紧。在她满是污泥的咽喉处微微凸起一个肿块,仿佛是在表达某种决心,然后那个肿块又平复下去。"我们必须拯救殖民地。"她悄声说。

　　我点点头,但我的注意力还是被烈焰拽了过去。一个黑色的影子从火中走过,还在不断挥舞双臂。我看到皮肉从那个人身上掉落,就像小片的影子和主体分开。一片玻璃墙因为高热而爆炸。浓烟迅速吞没了那个人,只剩下一阵呻吟声——一个接近成年的新生儿只能发出这样一点声音了。

　　女孩站起身。我又转向她,不再去看通道里濒死的人。大滴雨水打在她胸前的泥浆上,洗涤出一片片粉红色的肌肤。她把我拽起来,牵着我,蹒跚着离开了培养槽模块。我们笨拙地彼此搀扶。四条腿比两条腿更稳,我们一同跑了起来。

　　奔跑,活下来。

第2章 指挥模块

我们赶到得太晚,没能来得及救援指挥模块。当我们踢着雨水跑到指挥模块附近的时候,才发现它已经完成了自救。大型建筑铲车矗立在它周围,救火时粘在铲斗上的泥浆还在不断滴落。透过一扇小门,灭火剂的烟雾飘向潮湿的夜空。指挥模块用来救火的两种措施让我产生出一种幻觉,仿佛这个模块也是我们的一员:浑身沾满泥土,吃力地喘着粗气——这全都显示出它曾经多么拼命地想要保护自己。

一名男性殖民者在我身边站定,弯下腰将双手撑在膝盖上,摇了摇头。他的皮肤色泽比我的更深。并且他一定比我高出了一头。

"我们该怎么办?"他问道。

这个男孩全身都隆起了壮硕的肌肉。我回想起自己早先在训练中学到的一些东西——我们全都被塑造成不同的样子,这样殖民地才会更强大。但看着这个男孩,我有些奇怪为什么殖民地没有把我们都变成这种样子。和他相比,我觉得自己苍白又瘦小。

我将一只手放在他的背上,和他一起弯下腰。他的呼吸并不吃力。现在他这样靠在膝盖上似乎只是因为感受到了眼前局势的沉重。

我看到几名殖民者从我们身边跑过,聚集到指挥模块门前,等待烟雾散去。那个女孩——我诞生时的邻居跪倒在我身边,双眼盯着自己的手掌。

"你受伤了么?"我问她。听到自己的声音,我感觉它嘶哑又陌生。这是我第一次在梦境以外使用它。

女孩摇摇头。她的头发在培养槽中得到过多年的滋养和洗涤,现在却被泥浆粘连在一起,不断滴着雨水。

"发生了什么事?"她问道。

"闪电。"我身边的男孩悄声说道。他转开头,透过雨幕向天空中望了一眼,几乎就像是在等待闪电因为他的指责而劈向他。我看到一股雨水顺着他的脖子流下,在污泥中划出一道痕迹。他又转向我,拍了一下胸口:"我是凯尔文。一名农夫。"

我以为他这样说是为了证明自己关于天气导致灾难的理论,却没想到他是在做自我介绍。

"塔尔西,"我身边的女孩悄声说。她还在盯着自己拢成杯子形状的双手。褐色的泥水聚集在她的手心里,她脸上滴落的雨水在其中溅起一个个小水花。停顿了一下,她又说道:"教师。"

"你呢?"凯尔文问我。

又有几名殖民者从我们身边跑过去,似乎是在寻找什么东西或者某个去处。尖叫和呼喊变成了粗重的喘息,夹杂着一阵阵刺耳的咳嗽。

"我叫波特。"我一边回答,一边站起身,甩掉手上的泥巴,再将女孩扶起来。

"不是因为闪电。"女孩说。

她看着我们。指挥模块中冒出的火苗逐渐受到控制,她的面孔也随之暗淡下来。"这是一次流产序列。"她抬手指了指周围残破的景象——十几座金属建筑物全都在燃烧,照亮了远处的黑暗,"太多模块都被点燃了,这绝不可能是其他原因造成的。"塔尔西直视着我们说,"是殖民 AI 干的。"

"然后它又改了主意?"凯尔文摇摇头,"它为什么又要把我们唤醒?"

"我们需要找出这个问题的答案。"塔尔西回答。

她向指挥模块走去。我看到她赤裸的双足甩起一串串泥点,不着寸缕的身体融入到正在泥水中东奔西跑、不断咳嗽和喘息的人群中。

凯尔文和我对视了一眼。他脸上的一道道污渍无法掩饰因为忧虑而紧锁的眉头。他用拳头捂住嘴,咳嗽了一声,拍拍我的肩膀,随后就穿过雨幕去追塔尔西了。

我跟在他身后。充满在心中的困惑让我不知道还能做些什么,强烈的恐惧又让我无法忍受孤单。

✦

凯尔文和我跑到指挥模块门口,发现塔尔西正在和两个人说话。那是一个男孩和一个女孩。他们抱在一起,站在稍稍凸出的门楣下面,背对着溅满泥浆的黑色钢制墙壁。

"出了什么事?"我听到塔尔西问他们。

男孩摇摇头,用大拇指向身后的模块门口指了指。人工照明的光线从模块中散射出来,让我能够看清那两个年轻人的脸。我注意到塔尔西和另外那个女孩用手臂遮住了身子,这才想起自己也没穿衣服。这激起了我的职业好奇心。羞愧感是训练程序传授给我们的吗?我记不起来了。

在如此紧急的时候还会考虑这种事,我不由得面色一红。我摇摇头,努力将精神集中在当前的危机上。塔尔西拍了拍那个女孩的手臂,走进灯光里。凯尔文立刻跟了上去。他们两个看上去都比我更能够应对眼前的情况。我真的很希望自己出生时能够是一位教师或者农夫。

进入模块,雨水击打泥地的声音消失了,取而代之的是大雨撞击模块建筑金属顶棚的咆哮声。不过我还是能听到AI在说话。他的声音充满了这个密闭空间:

"……主要目标。一旦发射台被修复,关键任务包裹就要完成准备。一切行动必须以此项任务为优先。"

这个声音感觉像是一种温暖的流体,将我浸入其中,充满了我的每一个罅隙。这么多年里,这个悠扬舒缓的声音一直是我唯一的陪伴,AI在我身边呈现的几十个教学化身全都会用这个声音对我说话。十五年来,是它不断教育和培养我,帮助我为人生做好准备。

但这些准备肯定不包括现在的状况。

指挥模块中已经挤进了差不多十来个殖民者。大部分人都坐在地上,双臂抱住膝盖。白色的阻燃剂像一层薄霜覆盖了所有地方。头顶上方还有一团黑烟在天花板附近盘旋。这里遭受的火灾损失似乎很小。如果是AI引发了这场大火,那么它的确应该等到最后才摧毁自己,好监督火焰将一切彻底烧尽。我见到的景象非常符合塔尔西的理论。

我跟随塔尔西和凯尔文挤过一条满是电气箱的狭窄走廊,朝模块正面走去。我绞尽脑汁,试图想起这个模块的能源来自于何处,但就是找不到半点线索。我本应该知道多少重要的事情,却没来得及学习?这一点困惑又让一阵恐惧涌上我的心头。我们不知道所在行星的方位,完全一无所知。我们本应该还有十五年的时间待在培养槽里,学习和成长。

房间深处变得更加开阔。几名身上只有泥浆的殖民者正簇拥在一排显示器前面。三名殖民者坐到了固定在屏幕前的椅子上。所有这些闪烁的光亮和复杂的仪器让我们看起来更像是迷失的野蛮人——完全不具备任何原本设计中我们应该拥有的素质。

凯尔文和塔尔西靠着一面墙壁坐了下去。我也坐到他们身边。在我们对面,另外几名殖民者抱住膝盖,为了保存身体的热气或是一点体面——也许二者兼有。我们三个也学着他们的样子,用手臂环抱住小腿。我能听到不止一个人的牙齿连续不停地磕碰在一起,为凌乱的雨声制造出一种狂躁的背景节奏。但大家交谈的声音却显得异常平静。

"明白,殖民。"坐在控制台前中间那把椅子里的年轻男性说道,"不过就像我说过的,这里还有另一些……'基本'需求需要满足。我们的衣服在哪里?还有食物呢?我们……现在有许多殖民者都很震惊。有一些模块还在燃烧。而你的要求需要时间来完成。"

我很羡慕这个年轻人的镇定从容。他看上去也很心烦意乱,但还是能控制住局面。他将臂肘撑在面前的控制台上,低垂下头,手指越过头顶扣在一起,似乎正陷入忧虑或沉思。但他的嘹亮的嗓音和说话时稳定的节奏完全可以和AI的平静相媲美。这让我感到安慰。就好像他和AI都站在坚实的基础上,他们能够一起让所有事都好起来。

"我已经从二号矿站又召回了两台操作机械。"殖民AI说,"再过两天,它们就能带着更多物资到达。在那以前,你们可以将防水布改制成衣服。伺服模块、能源模块和这个模块将会提供足够的居住空间。这颗行星上有一些热能资源,足够维持到你们完成任务。我正在为任务包裹的送出制定一个为期两周的时间表。"

坐在控制台前的一个女孩身子一僵。"两个星期?"她转头去看处于领导位置的男孩。男孩抬起手,向她点点头,然后环顾了一下周围的我们,猛地睁大了眼睛,仿佛在惊讶这里怎么冒出了这么多人。我从墙边探起身,向后面的过道里看了看。又有十几个殖民者挤进了这个模块,可能是为了避雨,也可能是想要清点一下他们的人数,评估当前的状况。

"两个星期把东西送入轨道有些太快了。"领头男孩说话的时候不是在看向显示器,而是看着我们。他似乎是在估量我们的人数和能力,"我们首先需要几天时间清理空间、组织物资,还有……"

"所有这些都只能延后。任务包裹是首要的。这个殖民地是否成功尚无法确定。"

"'无法确定'?"有人问,"十五年了,我们是否成功还'无法确定'?"

椅子里的男孩再次抬起手,手心向外,示意那个人不要再说下去。不过他还是向提出质疑的人点点头,同时皱起双眉,噘起嘴唇,表示出对那个人的理解和认同。我立刻被这个家伙迷住了,并且突然发现自己完全相信他的领导,愿意甚至渴望追随他去任何地方。也许我还只是一个被吓坏的小男孩,是一只雏鸟,只想找到某样东西或者某个人能够保护我的安全。

他又转向控制台,放低声音。他背后的人们也突然停止了窃窃私语,都竖起耳朵想要听到他说话:"殖民,发生了什么事?我现在只有——我还不能确定——大约六十名幸存者?我们的训练程序都还只进行了一半。模块正在燃烧……"

"问问殖民,他是不是想要对我们进行流产?"椅子上的一个孩子说。

男孩又摆摆手。这次他有些不耐烦了。"模块正在被彻底烧毁。你却要我们准备火箭?我们需要更多信息。我们需要帮助,整理好基本……"

"整理好我们自己。"后面有人说道。

椅子上的男孩叹了口气,摇摇头。"你说我们'无法确定'是什么意思？什么是……?"

"够了！"

我们全都转过头,向爆发出吼声的地方望过去。那是一个魁梧的男性,正在从不住颤抖的孩子们中间挤出来。他比凯尔文还要高大,有一头深褐色的短发和颜色更深的眼睛。他的腰上捆着一根电线,下面挂着一块方形帆布,遮住了他的下半身。

"从椅子上起来。"他对刚才说话的男孩说道,同时竖起拇指向后一戳。

椅子上的男孩站起身,但没有退开,只是站在原地,全身赤裸,却充满自信。我也应该站起来,说服这两个男孩都保持平静。但我只是像其他人一样瘫软在地上。我们全都眼睁睁地看着这一幕发生,就好像被关在玻璃箱里的观众。

"我是史蒂文斯,"从椅子上站起的男孩伸出手,"第三队机械长。我是殖民者第442……"

"不要跟我说什么头衔和位阶,"大个子说道。他又向前逼近一步,就站在我们三个面前。泥块从他粗壮的大腿上掉下来,落在我的脚边。我伸出手去,找到塔尔西的手,将它紧紧握在我的手里,同时注意到凯尔文握住了她的另一只手。

"我是希克森。"大个子殖民者说道。他的声音很大,仿佛是要让我们所有人都听清楚,"第三班采矿安全官。除非有更高阶的官员出现,否则这里就归我管。"

"负责管理的是殖民。"塔尔西说。

她的声音就在我的耳边响起,语气是那样坚定,把我吓了一跳。我不由得有一点生气——她这样会把大个子的注意力引到我们身上。但我立刻又为自己的想法感到惭愧。

希克森挥起一只大手,伸手指逐次指向我们三个,仿佛我们全都说了话。"没有错,"他说道,"负责管理的是殖民。而我的工作是确保我们停留在正轨上。"他又将手指尖瞄准了史蒂文斯,"在我听来,你是想要质疑所有……"

"够了,"殖民AI又说话了。所有人都闭住了嘴。"希克森,作为第447殖民者,你越权了,史蒂文斯的地位高于你。不过我欣赏你的热情。在接下来的几周里,你们每一个人都将发挥重要的作用。尽管情况非同寻常,但任何殖民地都需要面对自己特别的挑战。我向你们所有人保证,你们的服务将得到最大的感谢,这个殖民地将在未来的训练模块中得到很高的评价。我对此深信不疑。

"现在,你们全都感到寒冷又困惑,对此我很理解。能量站、中继模块和指挥模块还都处在控制之中。我会将其余的施工车辆都召回营地。这里有足够的空间让所有人休息和干燥身体。明天,工作就要开始。一切都为了殖民地的荣耀。"

"为了殖民地的荣耀。"所有人回应道,我也是一样。

没有人好奇这种反应是出自于本能还是后天学习。

没有任何问题。

第3章 哀悼

在人生的第一个晚上,我做了一些可怕却又令人安慰的梦。它们的内容都很可怕,但做梦这件事本身让我感到很安慰。那些梦没有任何次序可言,全都是随机出现的。熟悉的混乱感让我松了一口气,就好像我又爬回了自己拟真的青春。但那些梦境的碎片中出现的景象却给我带来了不小的折磨:殖民者们被活活烧死;孩子们在空气中窒息;我用拳头捶打一只玻璃立柱,柱子里充满了能够给予生命能量的温暖液体,我却无法进去。

我惊醒过来,回到真实世界,感觉到和这个被连续性统治的世界格格不入。我的第一个早晨几乎就和前一天我出生的时候一样不真实。

我揉了揉眼睛,坐起身。我们一共四个人,一同睡在一台农用拖拉机的驾驶室里。一个名叫奥利弗的孩子和我主动选择地板作为床铺。凯尔文和塔尔西睡在我们身后那张长椅上。我悄悄站起身,拿起昨天晚上分到的那块帆布,把它披在肩上,打开驾驶室的门,走进黎明时分昏暗的晨光中。

站在驾驶室外的金属格栅上,我的一双赤脚感到有些痛。

于是我走到前面光滑的引擎盖上。它就像是一只金属盒子,将发动机装在里面。引擎盖上的雨水还没有干,薄金属壳被我的体重压得向下凹去,"嘭"的响了一声。现在我距离地面足有十五英尺,这个殖民基地的绝大部分都在我的视野之中。

眼前的景象真是令人沮丧。

开阔的平地上,各个模块内部的火苗还没有完全熄灭。一缕缕黑烟不断从几幢建筑中冒出来。而那些建筑原本的样子已经很难分辨了。我的视线沿着人们踩踏出的道路,从拖拉机转到指挥模块,又望向培养槽模块,不由得因为那里的景象而吸了一口凉气。那座高大建筑的顶部有一侧完全塌落,应该是金属从内部熔化了。我们已经粗略统计了幸存者的人数。最初的五百名殖民者只剩下了这么一点,我们在生命资源上遭受了极为巨大的损失。

昨天晚上,听AI吩咐我们要做些什么的时候,我还以为他那安慰人心的声音将带领我们走出危难。但看到这片基地的废墟,我也开始怀疑塔尔西是对的——AI的确想要让我们流产。而一个更加可怕的想法让我禁不住跟跄了一步:AI差一点就要将我们彻底杀光。因为某个未知的计算结果,它几乎要将我们完全消灭掉。

我仰头望向天空。还在训练模块里的时候,我曾经许多次看到那片蓝色的苍穹。但此时笼罩在我头顶的景色有些不一样。许多树叶组成了一片看上去相当厚实的篷盖,遮住了这片空地。昨晚的大雨可以穿透这些树冠,但阳光无法穿过叶片直射在地面上。在我们的基地四周,目力所及之处全都是一棵棵高大的树木。树干直径全都超过了这座营地,让它们看上去就像是一道道高高矗立的悬崖。我不得不提醒自己,它们不是真正的树,只是与树类似的某种外星物种。

拖拉机的驾驶室门在我身后被轻轻打开。我转回身,看到奥利弗从驾驶室中出来,走过格栅阶梯,踏上了引擎盖。他甚至比我更加瘦小。曾经被我踩凹过的引擎盖在他脚下没有丝毫变化。他也用一块帆布裹住身子,看上去就像是一根包裹了绝缘皮的电线。他细瘦的脖子上顶着一颗圆圆的脑袋。铜褐色的发丝之间还点缀着一道道红色的泥土。

"受祝福的清晨。"他微笑着向我点点头。

"希望我没有吵醒你。"我有一点吃惊地发现,他还像昨天晚上一样乐观开朗。

他摇摇头,来到引擎盖前端,脚趾探出到引擎盖的边缘以外,仰起脸,闭上眼睛。我看到他脸上的微笑变得更加灿烂。他耸起肩膀,深深地吸了一口气。

昨天晚上,我们发现奥利弗站在雨中,手心向上伸开双臂。他的身体抖动得很厉害。当时我很担心他会得低温症。不过他却显得非常快乐。塔尔西认为他是受到了严重的精神打击。凯尔文说他是在发"屁话疯"。这种说法显然冒犯了我的专业。实际上,奥利弗的情况比这两种说法更糟糕,而且很令人感到困扰。

奥利弗是殖民地哲学家,属于我们等级制度中地位最低的职业之一。从某些方面讲,我发现我们是同一类人。我们的职业都是软科学,责任是帮助不同领域的人们越过各自理论的海岸线,渡过其间的不确定性,彼此连接在一起。奥利弗的位置已经接近于培养槽的末端(他后面就是我们之中等级最低的一个了),所以他的职业肯定是凑数用的。五百名殖民者是一个固定数字,哪怕我们之中并非所有人都必不可少。

奥利弗扫视了一遍处于半毁状态的基地,盘腿坐下来,脸上的微笑始终没有半分消减。他这种不寻常的行为凸显出我们殖民地面临的严重问题。我需要有充分的意识,这一点在我身上也是一样——我们的训练被打断了,而且打断得极为突然。这就像是塔尔西刚刚对下一代人进行了九年教育,就突然把他们踢出教室。我自己的学习中止在从行为心理学到进化心理学的转变过程中,差不多相当于二十世纪末期的水平。所以我都错过了什么精神健康的奇迹?昨天晚上我是不是应该多做些什么?现在我是不是应该采取某种行动?对于"非知"的恐惧突然充满在我的心中。就好像我少了一根肢体,却完全不知道自己能够拥有它,更不知道它到底是什么。

"众神用这样的天气给我们祝福。"奥利弗一边说,一边回头看我。

我强迫自己也向他报以微笑。但对于他无休止的幸福感,我只是觉得哀伤。奥利弗刚刚完成一半的哲学训练,似乎正卡在古老的、宗教化的意念里。昨天晚上,他不停地说着话,滔滔不绝地讲述众神创造万物的奇迹,直到我们入睡。当我们遭遇火灾的时候，雨水就从天上落下来，他将这个也看作是一种奇迹。

凯尔文试图根据他的农业课程解释大气降水的现象，以及实际上正是水让化学火灾变得更加严重。但他没有能让奥利弗放弃他的神秘体验。

塔尔西则提出质疑，是哪位神明引发了这场大火？或者没有能阻止这场灾难的发生？我很确定她的评论不是来自于她的教师课程，但不管怎样，这些疑问都无法威胁到奥利弗的热情。

"早安。"有人在我身后说。

我转过身，看见塔尔西正站在格栅阶梯上，脸上依然带着一道道泥痕。一片帆布从她的一侧肩头斜搭下来，在她的腰间被一根电线系紧。我后退一步，向她伸出手，帮助她踏上引擎盖——这个引擎盖仿佛变成了一道没有栏杆的门廊。她环顾四周，打了个哆嗦。我也向远处望去，注意到那些完整的模块建筑中刚刚有几名殖民者走出来，站在无人的空地上。我们似乎会在同一时刻清醒——这也许是因为我们诞生自相邻的子宫，一直在分享共同的脉动节律。

"感觉怎么样？"我问塔尔西，一边抬手掀起自己身上的帆布，裹住她的双肩。

她摇摇头。"我一直在做各种疯狂的梦。今天早上醒来的时候却不……我一直都希望昨天晚上只是一个怪异的训练程序。"

我隔着她简陋的衣服捏了捏她的肩膀，完全对她表示同情。"我现在能感觉到不一样了，"我说道，"醒来的世界和以前那种生活的不一样。"

"这到底是怎么回事?"她悄声问。

"我不知道。"我只能这样回答。

"诸神的行事永远是神秘的。"奥利弗微笑着抬头看向我们。

◆

所有人都在指挥模块外面集合——这是我们在昨天晚上就约定好的。浑身是泥,满面愁苦的人们拖着脚步从四处聚集过来,就像是一群因为战争而流离失所的难民。每个人的身上都披着一块防水帆布。有许多人将帆布中间剪开了一道缝隙,让头从缝隙里伸出来,这样他们就能解放自己的双手。有几名殖民者穿着拉链防护服。那是他们从完好的应急包中找到的。他们站在我们中间就像是外星人,闪闪发光、焕然一新。

从其他殖民者看待那几个人的眼神里,我识别出了分别自己人和外人的早期迹象。所以我对那几个有衣服穿的人一点也不羡慕。现在他们似乎占了很大的便宜,但这种优势持续不了多久,而眼前这种差别所带来的社交不适却要比粗帆布摩擦皮肤的烦恼严重得多。

我们四个一同睡觉的人与在另一台拖拉机上睡觉的小团体融合到一起。我们又一起融入了指挥模块门外的人群。史蒂文斯——就是那个昨晚和殖民AI进行过交谈的男孩——站在模块门口处,正在和另外几名殖民者说话。我观察了一下人群,看到几张认识的面孔,其中也包括希克森,那名身材高大的采矿安全官。我注意到他一直在双脚之间来回移动身体重心，还不断咬着下嘴唇。

"大家听我说，"史蒂文斯高举起双手，"请站在原地不要动。迈拉会清点一下我们的人数。如果随后还有人过来，请让他们到这边来，以免我们清点有误。"

昨天晚上坐在史蒂文斯身边的那个女孩走进人群中，伸出手指点向面前的每一个人，嘴唇不停地翕动着，计点我们这些幸存者。史蒂文斯用双手捋了一下头发，又将它们背到身后，紧紧抿起嘴唇，用一种严肃的眼神看着我们。

"我们的境遇非常特殊，"他说道，"这需要我们展现出非常的意志力，以及合作精神。殖民提前十五年唤醒了我们，因为它在此之前刚刚决定我们的殖民行动失败了……"

一阵窃窃私语声在人群中蔓延，逐渐变成了接连不断的抱怨。史蒂文斯将臂肘夹在腰间，抬起双手，示意我们保持镇定。"我明白，"他说道，"当时没有人比我更靠近那场火灾。"他又摇了摇头。即使站在十几步以外，我还是能看见他的面颊在颤抖。突然间，我有一种强烈的冲动想要向他跑过去，但他立刻就重新戴上了那副坚毅的面具。

"如果你们已经完成了入职训练，你们就会知道AI的这种运作方式。殖民从第一年开始就在成功和流产之间摇摆不定。我们的新家园已经为我们提供了很多资源，但它同样有许多风险。但我可以向你们保证，我们一定能成功。"

"殖民可不是这样说的。"希克森突然冒了出来。他又转向人群说道,"昨天晚上殖民明确地说了'失败',我听到了。"

窃窃私语声再次响起。不止一个殖民者在不安地晃动身体。我注意到迈拉因为人群的晃动而低声骂了一句,又伸出手指点数我们这边的众人。

"大家,听我说。"史蒂文斯说道,"希克森只知道一半情况。我明白,相信最坏的情况会比较容易,但我们必须保持坚定,才能渡过眼前的难关。我们被唤醒是有原因的……"

"是因为任务包裹。"希克森对人群说,"我们有一个非常重要的任务。一个直接由殖民下达的任务。"

史蒂文斯用力一拍手。但殖民者们已经三五成群地开始了自己的议论。许多人说话的声音凝聚成一种沉闷的咆哮。这种情况会让任何有效的讨论都变得不可能。我感觉凯尔文撞了我一下,随后就看到他大步走到指挥模块和人群之间。

"听着!"他高喊一声,雄壮的嗓音一下子压倒了嘈杂的议论。凯尔文将自己的帆布围在腰间,露出仍然沾满泥巴的宽阔胸膛。奇怪的是,我发现自己被他那粗壮的脖子和壮硕浑圆的肩膀深深吸引住了。当他呼喊的时候,腹部一起一伏,凸显出一根根肌肉的线条。这种力量的展现触动了我内心中的某样东西,某种可能应该吸引我的职业注意力,让我对自己做出一些评估的东西。

当人群安静下来的时候,塔尔西靠近我,填补了凯尔文的空位。我伸出一只手臂搂住她,感觉自己就像一只保护幼雏的母鸡。凯尔文向史蒂文斯点点头,回到我们身边,冲我皱起眉头,仿佛是在为其他殖民者的行为感到失望。紧接着他的目光又在塔尔西和我之间扫了几下。

"如果你们想要在这几天就死掉，那就把手举起来。"史蒂文斯看向我们每一个人，一边说话，一边离开指挥模块，"如果你们之中有人想去死，如果你们真的有一种疯狂的冲动，不想要和我们一起活下去，就请继续你们的争吵。我昨晚根本没有合眼，一直在和殖民对话，争取让我们能够长久地生存下去。如果你们还想过半真半假的日子，或者还想说任何没有好处也没有意义的话，那就请到别的地方去吧。"他的双眼盯住了希克森。

"我们的确有一个重要的任务。但我们同样会用时间来处理好这个世界。这里的恒星……"他向天空一指。那颗恒星的光芒实在是没有多少能够从我们头顶的树冠中漏进来。"……曾经由地球上的天文学家进行过命名。而我们将给它一个新的名字。我们还会为这颗行星重新命名。但我们首先要在这上面弄出一个立足点来。如果你们信任我，我向你们保证，我们一定能克服我们的挑战。殖民刚刚完成一半的建设，也就是说，现在我们还没有蛋白质生产，也没有完备的农场。"

他竖起一只手掌，依次按下那只手掌的三根手指。"食物、住房，还有衣服。这些是我们生存的首要条件。我们已经收集到了足够多的雨水，只要进行过滤，就能维持我们至少一到两个星期的生活。这里的降雨应该很频繁。所以我们不会缺少洗澡和饮用的水。"

史蒂文斯向迈拉点点头。现在那个女孩已经回到了指挥模块门前的那一小队领导者中间。"结果如何？"

"五十九个。"迈拉压低了声音。但我们全都听到了。

一片呻吟声掠过人群。我能感觉到自己的声音也在其中。我并没有期待会有什么令人欣喜的奇迹，但这个残酷的结果实在是把我的胸膛压得透不过气来。哪怕是六十五人也好，结果连六十人都没有。我们的希望狠狠撞在数字的限制上。隐约的心愿坍塌成实实在在的恐惧。

"我想要所有科学职业都到这边来。"史蒂文斯指着我所在的这半边人群说。我看向塔尔西和凯尔文，不知道我们之中有谁符合标准。我觉得大家全都在感到困惑。我们开始慢吞吞地挪动，和不认识的人讨论我们的职业，彼此辩论不休。

"这边也包括全部有机械和电气技能的人。另外，全部建造类人才，包括矿工和农夫，请到前面来。所有辅助性职业的人，请到那边去。"

"我猜，我应该要过去了。"凯尔文皱着眉举起了双臂。

塔尔西捏了一下他的胳膊，点点头。"我要到辅助人员那边去。我有一种感觉，我们要负责把这里清理干净。"

"我应该是留在这里。"我说，"我猜，我们今晚会再见面？"他们点点头，我飞快地给了他们俩每人一个拥抱。

他们两个离开以后，奥利弗来到我身边。我们很快就和差不多十来个殖民者站在一起。我们依次介绍了自己的名字和专业。有些人——比如地质学家蜜卡——很清楚他们属于科学家团队。另一些人，比如电气师卡尔就不太确定自己是应该和我们在一起,还是要到建造团队中去。

有几名殖民者显然是为了能够在一起而捏造了他们的职业。我看着塔尔西在她的团队中做自我介绍,心中觉得我应该算是一名健康工作者,是属于辅助职业的。但还没有等我走过去,史蒂文斯已经来到我们这群人面前,开始向我们说话了。

"听说我们这里有一位电气工程师?"

卡尔举起手。"应该说是一名电工。我的名字是卡尔。"

"你的训练到什么地方了?"史蒂文斯问。

"正在集成电路的故障排除。我还没有接受过任何设计训练,至多也只有基本布线。"

"可以了。"史蒂文斯又将我们扫视一遍,"我们有化学家或者化学工程师吗?"

"我们要建造什么?"我问史蒂文斯,"如果能知道这一点,我们也许会更清楚自己可以起到什么样的作用。"

他面带微笑地看着我。我却感到身上起了一层鸡皮疙瘩,全身都在不住地打颤。我用双手上下不停地揉搓胳膊,装作很冷的样子。但我其实一点也不冷。

"好想法,"史蒂文斯说,"你的名字?"

"波特,"我伸出手,"心理学家。"

他用力握住我的手,摇晃了两下,同时眯起眼睛问:"这是科学?"

"人类行为科学,长官。我是一名人类工程师。"

这话刚一出口,我就感觉到了其中的荒谬。

"嗯,我想单独和你谈一下。"他转向其他人,"波特是对的。先让我告诉你们,我们打算建造什么,然后你们再告诉我你们能做些什么。一定要发动自己的创造力。无论你们能在什么样的领域有所作为,都请让我知道。"

他停顿了一下。"我们要建造一枚火箭。嗯,工程专业的人们会负责建造。我需要你们完成它里面的东西。绝大部分设计会由殖民生成。所以我们的挑战主要是建造。我需要懂得焊接的人,懂得故障排查的人,懂得复核每一个接头和每一根连线的人。"

"为什么要造火箭?"有人问,"火箭里面要装些什么?"

"信息,"史蒂文斯话一出口,立刻高举起双手,"不,我不知道是什么信息。殖民也许永远都不会告诉我们。殖民甚至连通讯卫星都不信任,不敢让通讯卫星把这些信息传回到地球去,而是必须采用运输硬拷贝的方式,所以你们知道这有多敏感了吧。"

"你一定是在开玩笑。"我们之中有人说道。

"我非常认真。不管怎样,殖民就是这么决定的。AI对要运输的东西一定非常关心。我很幸运,总算说服它将我们分成三组。其中一组人可以致力于确保我们的长期生存。AI在乎的只有将这些数据送离地面,让它们返回地球。这意味着我们必须优先完成这个任务,否则我们就不可能从殖民那里获得任何帮助,来建设我们的家园。大家明白吗?"

我们一起点头,同时又在观察旁人,看看有没有人会反对。

"卡尔,我想让你加入到指挥模块前面的团队去。你负责线路排查。你们其余的人:今天我们要做的是收集物资和搭建施工场地。我想让你们将能量模块作为工作场所,但也要确保大家还有地方睡觉。辅助团队会为你们准备衣服和食物。所以,这几个小时里就先让肚子去叫吧,把精力集中在手头的任务上。如果你们之中有谁接受过化学相关的训练,我希望你能够加入建造团队——制造火箭推进剂将是一个重大的任务。殖民会提供采矿机械给我们使用,但我们还需要提炼工厂,可能还要油库。"史蒂文斯向我们露出微笑,"好了,祝今天好运。我会在吃晚饭以前和你们确认进度。"

他将我带到一旁,一边又向开始执行任务的人们点了点头,然后问我:"那么,你对大家有什么诊断?我是说,对于所有殖民者。"

我们拉开和科学人员的距离,站在三队人中间的小空地上。我看到塔尔西正在和另外两名殖民者说话,还在不断点着头。等到今天结束的时候,她会不会觉得和他们的关系要比和我的更亲密?

"我不确定。"我摇摇头,努力将心思集中在史蒂文斯的问题上,看着他的眼睛说:"说实话,我甚至不确定我该怎么做。我觉得你做得非常棒,把一切组织得井井有条,让我们有了行动的目的。眼下这一点真的很重要。"

"是的。"史蒂文斯突然显得非常疲惫。他掀开他的帆布斗篷,从腰间的刀鞘中抽出一把匕首,又朝我的防水布指了指。我把自己的防水布递给他,同时努力让赤身裸体的自己显得从容一些。

"我感觉必须让大家忙起来,他们才不会胡思乱想。"他将匕首插进帆布正中央,迅速割开一个缺口。"不过说实话,我真希望流产序列的顺序能够反过来,不要和诞生序列一样。"

我点点头——这个可怕的想法也一直盘旋在我的心里。在诞生序列中,最低阶的殖民者是最后被唤醒的。而这也意味着我们在流产序列中同样会是最后被毁灭的。于是现在这个一半成为废墟的殖民地只剩下了我们这些最不称职的管理者。

史蒂文斯把刚刚做好的斗篷举到我面前。我稍稍低下头,让他将斗篷给我披好。

"我觉得他们没有设计过流产序列中途停止的方案。"我说道。

"流产掉流产序列?"

我用一个微笑作为回应,尽管我并不觉得这有多好笑。"殖民有没有说到底发生了什么?"我问他。

史蒂文斯摇摇头,但我看到有某种东西在他的脸上一闪而过。他有所隐瞒。我的训练让我能够识别出那一点面容的抽搐。

"没有,但这件事一定发生得很快。殖民是在中途改变的主意。"

我向指挥模块看了一眼。"它会像我们一样思考吗?我觉得如果是我们人类的大脑,大概很难在这种事情上突然改变主意。"

"我也觉得我们做不到。"史蒂文斯说,"也许它在流产序列已经开始之后有了新发现;或者是进行了一场艰难的计算,得出某种相互矛盾的结果。我们也许永远都不会知道了。"

他拍拍我的肩膀。"我希望你随时和我谈谈你看到的问题。如果你对希克森有什么主意,我很乐意听一听。"

"你应该找些东西让他去杀。"我说。

史蒂文斯瞪大了眼睛。"干什么?"

"某种掠食兽。任何可能威胁到团队的东西。那个人被设定的程序是保护安全。而现在你就是威胁。你需要找一样团队以外的东西,让他能够释放自己的精力。"

史蒂文斯点点头,若有所思地皱紧了双眉。

"你说得对。就是这样。不过我真的希望我们不会发现周围有这种东西。对于我们有可能遭遇些什么,殖民一个字都没有说过。它实在是很注意保密。我试了一整夜,想要从它那里挖出些东西来。"史蒂文斯又摇摇头,转开视线向其他人望过去。他看上去真的是累极了。

我拍拍他的肩膀:"我们会搞清楚的,用我们自己的力量。"

"是的,"他点点头。但他的嘴角没有扬起来,反而低垂了下去——这又是我从程序中学到的一个微表情。

"一切为了殖民地的荣耀。"他喃喃地说道。

我点点头,却没有感到自己必须要做出回应。

第4章　搜集物资

和史蒂文斯交谈之后几个小时,我发现自己回到了我诞生的地方:培养槽模块被烧焦的废墟。我一直在这里工作,从地板下面的管子里把电线拉出来。史蒂文斯就是在这时死亡的。一开始,我完全不知道发生了什么。基地整个上午都是一片忙碌——人们在机器的咆哮声中高声喊叫,搜集物资的人不停地跑来跑去,因为各种特别的发现而兴奋不已。

意外发生时一定也发出了一些声音,只不过和其他声音混在一起了。

特丽也是准科学家。那时她正和我一起在培养槽旁边工作。她负责掀起地板。我跟在后面,剪开导管,取出完整的电线。我们将电线卷起来,由其他人把电线卷拿出去再做整理。

在我们前方,培养槽过道的深处,辅助团队正在干最脏的活——处理死者残骸。那些死去的人大多只剩下了骨头、灰烬和一些污泥样的东西。辅助团队将这些东西扫成一堆,撮到防水布上,再提着布角,从模块侧面墙壁上新开出的几个洞口把它们送出去。

一点光线和新鲜空气从那些洞口中透进来。它们还能让两组人一同在这里工作而不至于相互打扰。让我们可以分别运送有用的物资和死者。

我们是从塔尔西那里知道了史蒂文斯的噩耗。我听到塔尔西在外面喊我的名字,一开始还以为她是来叫我们吃午饭。但她跑了进来,踩在已经被我们撬松的地板上。她的斗篷飘动着,通红的脸上出现了皲裂。跑到我身边的时候,她已经喘得上气不接下气,却一把抓住我的手臂就向出口跑去。

"出什么事了?"我问她。

"史蒂文斯,"塔尔西喘息着回答,"他……他死了。"

我用力一晃头,想要把胳膊从她的手中拽出来,我的身体开始感觉到恶心。"不,"我说道,"我刚刚还和他说过话,也就是三四个小时以前。"我盯住特丽,希望她能给我支持。但特丽只是站在她最后掀起的地板旁边,面孔松弛,一双眼睛完全失去了聚焦。

塔尔西拽着我经过那些旧培养槽,跑出门口。我跟跟跄跄地跑着,脑子里只盘旋着一个念头:一个和我相识不久的人可能永远地走了。

我和塔尔西一起奔跑,同时注意到许多人都在跑向同一个地方。有几队殖民者则正在朝我们迎面走过来。他们或者是用手捂住嘴,或者揪扯着头发。我们这些奔跑的人都是一副怀疑和震惊的表情。那些走过来的人同样惊恐万分,只是脸上已经没有了怀疑。

我跟随塔尔西绕过昨天下雨形成的一个褐色大水坑,走过夯土地面,爬上一座高地,来到一片宽阔的空地上。这里就是他们选定的发射台。几台工程车和推土机正停在这里,向天空喷吐出浓烟,就好像是在焦虑中喘着粗气。在一台工程车附近,一小群殖民者站在一块帆布周围。那块布看上去……盖住了什么。

我拖着脚步走过斜坡,拦住了一个正在往回走的女殖民者。
"出什么事了?"

"一辆牵引车突然晃了一下。"她告诉我,"史蒂文斯从车上掉下来,被履带压住……"

塔尔西把我从那个女孩面前拽开,继续带着我向围绕帆布的那一小群人跑去。

"我们应该回去工作……"刚刚和我说话的女孩在背后喊我们。

我在那群人身后停下脚步。迈拉坐在帆布的另一边,双手捂脸,不住地抽泣,肩膀随之一下下地颤抖。我能看到一只手从帆布下面伸出来,半握着拳,手指从地面上翘起,一动不动。

"怎么回事?"我问道。这完全不合道理。一个那样鲜活,有能力控制大局的人就这样没了。他再也无法凭借自己的意志动弹一下,再也不会用他那令人感到安定的声音和我们说话,再也不会引领我们走向那个充满希望的未来。同时,我又凭借自己的职业训练意识到自己正在经历这个否认阶段,并且对此有完全的认知。

"这不是意外。"有人说道。

又有几个人跑了过来。也有人在震惊中慢吞吞地离开。我一动不动地站在原地,经历着内心中的转变。

"的确是意外,"另一个人说,"他摔了下来,我亲眼看到的。"

"希克森和他在同一台牵引车里。"第一个说话的男孩说道,"不可能出意外。"

我转向那两个说话的人,想让他们停止议论,却看到了奥利弗。我们的目光交汇在一起。他向我走过来,双手抱住我的臂肘,将两条细瘦胳膊的重量挂在我的臂弯里。

"众神比我们更需要他。"他的唇边带着一点最微弱的笑容。

"现在别这样,"我丢给奥利弗一句,就向那两个正在争论的人走去。他们全都是男性,而且身材高大,像是劳工职业的人。"你们谁看见了当时的情况?"我问他们。

"我想,我们全都看见了。"

"我当时正在这里,"一个人说,"就在那儿,在排水。我听到机器摩擦的声音,就抬起头。史蒂文斯当时正掉下来。希克森身子探在外面,伸出一条胳膊。牵引车还在前进,然后……"

"这不是全部情况。"另外一个男孩摇摇头,"我看到了整个经过。希克森伸手想要抓住他。他要救他。是牵引车晃了一下。我发誓,这就是个意外。"

"不可能出这种意外。"第一个男孩说,"今天早上你也看到他们两个的情形了。现在你觉得谁是这里的头?"

"你不能随便说这种话,"另一个男孩提高了声音,"尤其是如果你没有看见……"

"冷静。"我对他们说,"争吵没有任何用处。我们不需要传播谣言让团队分裂,好吗?"

一个男孩点点头。另一个则摇摇头。不过他应该只是不愿意相信这是意外,而不是反对我的话。不管怎样,他没有再争论。他们两个都转过身不再理睬对方,回去继续自己的工作了,但也许他们还是打算在其他殖民者中间散播各自的看法。

我转回身,看见塔尔西和凯尔文正握住彼此的手,一同看向那具尸体。昨天我们死了超过四百人。现在我们正要掩埋他们的遗骸。但史蒂文斯和他们都不一样。我们认识他,无论这段相识的时间是多么短暂。而且随着他的去世,我们又少了一个人,这一点令人格外不寒而栗。

我们的一点希望也随他一同被埋葬了。

第5章　葬礼

奥利弗坚持认为他的职业让他成为葬礼方面的专家。但他在葬礼上的演讲在我看来毫无意义。他背诵语法古怪的文辞，声音也戏剧性地忽高忽低，其中有许多感谢和表达喜悦的段落，还宣称史蒂文斯还活在别的地方。这种情景只是让人感到不舒服，尤其是当我们绝大部分人都在这个新环境中感到惴惴不安的时候。

辅助团队用车辆上的毡垫和引擎舱壁上的消音布缝制成裤子和上衣。这些材料比帆布更柔韧，但它们会让皮肤发痒和感到刺痛。我一边挠着大腿，一边看着史蒂文斯被放进土坑，推土机随后推下泥土，将他掩埋。他旁边的一个坑里埋了那四百多人的骨头和灰烬。机器咆哮的声音比昨天大得多——原先为它们隔音的材料现在都被我们穿到了身上。我在一片机器的噪声中几乎听不到人们的抽泣和迈拉撕心裂肺的痛哭。

当深坑渐渐变成土堆时，我一直看着希克森。他似乎有些心烦意乱。直到我顺着他的视线看过去，才意识到他阴沉的双眼盯住的是痛哭失声的迈拉，而不是迈拉面前的坟墓。

葬礼之后，我们吃了和午餐一样的食物：用树上掉落的绿色水果做成的一种糊状物，再用几碗开水送进喉咙。这种水果的味道很难判断，毕竟我一生中还从没有吃过别的东西。我只想满足自己咕咕作响的肚子。至少它在这件事上能发挥一些作用。我们的进食完全是出于需要，而不是欲望，这和我对饥饿的理解不太一样。

有人提议随后几天出去寻找肉类，但殖民对于我们能在这里找到什么完全不透露任何信息。因为培养槽模块被摧毁，我们只能自己搜集剩余的资源，肯定需要很长时间才能用幸存下来的一点地球动物囊胚培养出可供食用的牲畜。

"我觉得迈拉不想接受领导我们的工作。"我听见塔尔西在吃糊糊的时候对凯尔文这样说。我把没吃完的糊糊推开，用建造团队给我们压出来的金碗喝了一口水。我们被分成几组，每一组人都围坐在一张黄金铸成的台子周围，把它当作桌子。

"我觉得不一定非要让她领导我们。"凯尔文说，"这要看她自己的意愿。"

"我们应该投票表决。"我们桌边的另一个人说。

"殖民管理一切。"有人提醒我们，"让它决定谁是我们的下一个头吧。"

凯尔文伸过手，用指节敲了敲我面前明亮的金色桌面。我抬起头。他低声问我："我们有多大机会？"

"什么机会？"我问。

他环顾四周。我们这张桌子忽然没有人说话了。每一个人的目光都在我们两个之间来回移动。就在大家你一言我一语的闲聊中,我们这一点微弱声音却引起了所有人的注意。

"活下去。"凯尔文说,"能够长期在这里生存,不会像史蒂文斯一样。"

我们最后全都会像史蒂文斯一样,我心中思忖着,环顾桌边的众人,有些想再喝一口水。但我知道,这样做会让自己显得优柔寡断。

"这要看我们自己。"我说道,"要看我们能不能齐心协力。我们有许多不同的人才——无论从技能角度讲还是从生育后代角度讲,应该都是足够的。我相信我们有能力生存下去。"

我尽量显得真有这样的自信,但事实是:这个答案只有殖民AI知道。现在我们的许多模块都熔化了一半,其中一些还在冒烟。这可不是什么好迹象。AI绝不是轻易做出的这个决定。在内心深处,我禁不住会觉得我们是在进行一次赌博,希望能够活得够久,能发现为什么AI认为这颗行星的殖民失败了,它又打算将什么信息送出去。

"是因为这里的矿藏。"蜜卡仿佛读出了我的心思,在桌对面说道。

我越过其他人阴郁的面孔,看向蜜卡。她与我四目相对。这时,桌边的议论又开始了,纷乱的话语变成一阵意义不明的"嗡嗡"声。蜜卡的目光垂落在她的手上。

"你是什么意思?"我提高声音,让她能听到。

蜜卡抬起头瞥了我一眼,然后又盯住了被自己轻轻捧在双手中的碗。"这种金属太软了。"她把碗捧起来给我看,"这种没用的金属无法建造任何东西。而这里又没有别的金属。"

我们再次相互注视。其他人则继续为我们的生存机会展开争论。

"最多两个星期。"我听到有人说。

蜜卡和我依然只是看着对方。不像其他人那样双眉紧皱,满面忧愁,她的脸上没有任何表情,看上去非常认真。

我努力回忆她的职业。今天上午她曾经说过。

"我觉得发射火箭的成功机会更小。"有人说。

蜜卡蹙了蹙眉头。我想起来了:她曾经介绍自己是地质学家。

第6章 火箭

火箭在发射台上生长起来,就好像种下了一颗种子。一个巨大的钢制圆柱体矗立在格栅一样的脚手架中。我们取出油库中的储油罐,用它们制造火箭外壳——将这些大罐子拆开,除去其中一些的顶部和底部,再将它们焊接成一个更加紧凑的圆柱体。另外一些储油罐经过改装,被用于储存推动火箭进入轨道的液氧和液氢。这些推进剂储存罐都被埋在地下,这样有助于隔热。并且它们也都被安装了制冷剂管道内衬。

随后一个星期里,我在吃绿色糨糊餐的同时学到了更多工程学的知识——我觉得自己就算是被塞进训练模块一个月可能也学不了这么多东西。但是当我看着火花在切割焊枪周围溅射,圆柱体越长越高,我却依然无法想象这东西会飞起来。它怎么可能飞得起来?毕竟建造它的只是一群十几岁的难民。

而且在史蒂文斯死后,我们对这个项目的热情也在稳定地丧失。希克森取代史蒂文斯成为我们的头领,负责实现殖民AI的意志。他做得可以说是变本加厉——因此得到的也更少。我已经可以看到人们在逃避工作,偷偷打个盹或者在无聊中虚度他们的时间。我学到的知识让我明白,这是一种心理缺陷,我自己也亲身认识到了这一点。一天晚上,我、凯尔文、塔尔西、奥利弗一起躺在拖拉机的引擎盖上,这里已经成为了我们正式的家。我和他们谈起了这件事。

"这就是搭便车问题。"我对塔尔西说。她无法理解,为什么当我们的需求越来越迫切时,大家求生的努力却越来越懈怠。

"什么问题?"奥利弗问。

"搭便车。"我转向他,"这是博弈论中的一个问题,是我在教学程序中最后学到的东西之一。"

凯尔文笑了。"就我们所知,如果你继续正常的学习程序,那么一年以后,你就会知道另外一种理论,可以证明这个理论完全是错的。"

塔尔西友善地拍拍凯尔文,以免他和我再争论下去。她和奥利弗隔在我们两个中间。我觉得大家应该不会太喜欢这个话题,就闭住了嘴,只是让后背贴在引擎盖上,享受着工作过度的引擎散发出的一阵阵暖意。

"你不把话说完么?"塔尔西问。

我清了清嗓子。"嗯,当人们发现自己得到的回报可以比付出多一点,而且没有人会注意到的时候,问题就出现了。实际上,每个人都会这样想。但是当每个人都这样做的时候,就会有问题。"

"那该怎样防止这种事呢?"塔尔西问。

"催眠疗法。"凯尔文说。

除了奥利弗以外，我们全都笑了。奥利弗却冲我翻过身，期待我给出一个真正的答案。

"我不知道。"我只能承认，"我们团队里好像有一个人接受过经济学教育。他也许知道。我只知道怨恨理论。这个理论说的就是我们这样的人。"

"我们这些过度劳累，满腹怨言的人？"凯尔文问。

"差不多。"

塔尔西站起身，伸了个懒腰，因为身体的酸痛呻吟了一声。她只穿着裤子，把外衣脱了当作枕头。我看到她的身体向天空延长，后背弓成一条曲线，同时注意到她的肋骨变得越来越明显。我们全都在变瘦，但有一些人一开始身上就没有多少肉。

"我要去趟洗手间，然后去睡觉了。"她说道，"有人和我一起去吗？"

奥利弗一言不发地站起身。他们两个一同下了拖拉机。这几天里，奥利弗显露出很多怪异的地方，其中一件事格外引起了我的注意，那就是他的情绪波动非常激烈。一分钟以前，他还在因为各种苦难而安慰我们，说那是众神的意志，是一个伟大计划的一部分，只是我们没办法看清这个计划本身。但一转眼，当悲剧已经被我们大多数人暂时忘记，他却变得闷闷不乐，在我看来几乎可以被诊断为抑郁症了。我一直想要找时间和他谈谈，看看他到底有什么问题，但我们就连谈几句话的空闲也很难找到。AI已经为我们安排好了每一天每一个小时要做的事情。

他们两个离开后，凯尔文凑到了我身边，将双手枕在头后，臂肘朝上指向树冠。

"你和塔尔西之间怎么样了?"他问。

"什么怎么样?"

"交往。你们……有没有?"

我撑起半边身子,压下他的胳膊肘,看着他的眼睛。驾驶室中的灯光从背后照过来,在他脸上洒下一层昏暗的光晕。他平直的头顶和粗大的眉骨在一层黑影和低斜光线的映衬下显得格外突出。

"你在说什么?"我问他,"你才是每天晚上睡在她身边的人。"

"我这么问只是因为……嗯,我能看出你们两个的关系。我只想在事情发生之前能够知道,在我们之中有一个人伤心以前。听着,我也是很实际的。再过一年,我们的人数就要增加了。你明白我的意思吧?"

我一下子躺倒回去,想要透过树冠看到一点星光。远处,一颗掉落的水果带着风声撞到金属物件上,发出响亮的撞击声。那些果子从很高的地方落下来,总是会发出这种声音。所以大家都管它们叫"炸弹果"。尽管我们之中没有任何人真正听到过炸弹的声音。

"我对她没有那种感觉。"我最后说道。这样说的时候,我意识到自己是真心的。我真的对她没有感觉。我觉得她像是我的家人,仅此而已。是啊,还有什么能比家人更重要吗?也许对家人就是这种感觉,就是这样。

但史蒂文斯……我觉得我对他有一种感觉。我闭上眼睛,想要改变一下自己的心态,我在训练模块中从没有遇到过这种心态。在我经历过的所有夫妻治疗程序中,模拟夫妻肯定都是一男一女。我从没有见到过别的情况。但是……

"蜜卡才更合你的胃口,对不对?"凯尔文又问。他还笑着用胳膊肘捅了捅我的肋骨。

"是的,"我说了谎,"她更像是我的类型。"我坐起身,引擎的热量已经不再能抚慰我的脊背了。"我们明天见。"说完我就匆匆去睡觉了。

不知为什么,我突然全身火热,双颊仿佛要烧起来一样。

第7章　殖民

几天后的一个上午,我犯了第一个重大错误。一个会让我们的小殖民地变得更加糟糕的错误。我们四个人前一天晚上熬到很晚,一直在哀叹火箭的建造、AI的任务包裹,还有我们长期生存所需要的基础设施建设——所有这些看起来都前景堪忧。我们最终得出一个结论:从史蒂文斯死去的时候开始,一切都变了。塔尔西告诉我们,希克森只要辅助团队寻找零件,而不是食物。根据凯尔文的说法,史蒂文斯一死,建造团队就只能放下耕种工作,把精力全都用在了生产推进剂上。

希克森一直在滥用我们的力量,不顾一切地消耗我们。我自己也开始变得越来越懒惰了,只会关心身边的人干活时用了多少力气,坐在我对面的人又多吃了多少东西,而不是注意自己的劳动和餐盘。也许这是模块训练给我造成的问题。我在训练中途突然被揪出来,因此也就永远卡在了地球的二十世纪末。那个时代的实验让我知道,如果继续这样下去,我们在火箭完成之前就都会死掉。

所以我决定采取行动。那天上午晚些时候,我去和殖民AI

谈了一次。

我在指挥模块的门口发现了迈拉。从第一个晚上开始,她和另外几个人就住在了这座建筑里。希克森在史蒂文斯死后也搬了进来。甚至有传闻说,实际上在葬礼之前,他的几样东西就已经被放到这里来了。

我走过去的时候,注意到迈拉看上去疲惫不堪。虽然我对她的了解不多,但我很难想象她怎么能和那个正在把我们的殖民地搞得一团糟的家伙生活在同一个屋檐下。她想要给我一个微笑,却几乎没有能做到。

"你还好吗?"我问她。

"挺好的。"她点点头,"希克森不在,如果你想知道的是这个。"

"希克森?我不是要找他。你为什么觉得我来是为了要找他?"

"哦,他和我说过,他需要和你谈一谈。"迈拉的目光越过我,飘向那些模块建筑和停在周围的车辆,"他一定是和你走岔路了。"

"我是来看看你怎么样了。看看你是不是想要和我们一起过一晚。我们几个人睡在一辆拖拉机里。"我转身指了一下。我能看到塔尔西和凯尔文还在引擎盖上。"晚上我们会一起聊天。我觉得……"

"我知道你睡在哪里。"迈拉说。我转回身,看见她在向我摇头。"但我不能。这种感觉不对……"

"什么？才不会！"我笑着也摇了摇头，"不，不是你想的那样。我是一名心理学家。如果你需要谈谈，嗯，忘了我的职业吧。如果你需要朋友……"

"这里有我的团队。"她说道，"我现在是希克森的女孩了。"

真正无话可说的体验并不常见。不是找不到正确的词句，或者合适的话题，而是陷入绝对的沉默——喉咙收紧、肺里没有气息、嘴唇干硬、下颌无力。真真正正的不能说话，哪怕知道我想要说什么，或者叫喊什么。

迈拉仿佛听到了我想说的一切。她耸耸肩。"他让我感觉安全。而这也意味着我不必学会在其他地方睡觉。不管怎样，我正在开始将最初那几天看作是一种训练程序。我最后的训练。这就是生活——抹去哀伤和震惊——这就是我应该努力的方向，直到最终成功。所以这就是我现在做的。我在努力找回那种感觉。"

"你们……你和史蒂文斯，你们在开始那几天里就在一起了？"

迈拉点点头，抹了一下眼睛，悄声说："那只是训练。"

我握住她的双肩，将她拽进怀里，把她抱紧。但我能感觉到她的双臂一直在我们中间，从肘部到手腕的坚硬骨头竖在她的胸前，就像保护性的栏杆。或者也许是一个封闭的笼子。我拥抱她，想要安慰她，最终却让自己感到恶心。如果一个拥抱能让人感到像是性骚扰，那这就是一个。我正在抱住一个不想被碰触的东西，于是我放开了她。

"我需要和殖民谈一谈。"我从她身边走过去,进入了指挥模块,一边为了刚才遭遇的羞耻而摇头。

在我身后,迈拉还在用干哑的嗓子想要叫住我,说我不能和AI对话。但我听到她的抵抗还没有得到表达就已经崩溃了。她的尖叫声就好像她内心中垂死的东西最后的哀嚎。

在这个令人不安的,悲剧性的时刻,迈拉充分说明了我为什么要找殖民谈话。她的情况正逐步恶化,求生意志不断从她的毛孔中流走。她已经到达了某种解体过程的最后阶段。我们全都在这个过程中,而且完全无法摆脱。

·◆·

我坐在中间那把椅子上,正对着主显示器。这让我想起了史蒂文斯。我一下子有了一种害怕将这个座位弄脏的感觉,直到我想起现在会是谁一直坐在这里。我再一次想到迈拉,感觉我们脚下那个通向毁灭的传送带又把我向前送了几英尺。

"殖民?"

"你好,波特,"电脑说话了,还是我训练中早已习惯的那种平静内敛的声音——那个在指挥模块的第一个晚上曾经给我带来安慰的声音。而现在,这种平静只会让我感到愤怒。它没有任何紧迫的感觉,仿佛完全没有心灵,而不是具备一种内在的力量。

我抓住桌子边缘,想要保持平衡,回忆起我来这里的原因。"殖民,我们的基地有些问题。"

"我很清楚,波特,我正在努力纠正它们。今天下午,我们就应该能恢复储存罐设备的生产。修改后的时间表将由你们的团队协调人公布。"

"我知道,殖民,但我想要和你谈的是为什么这些生产计划每天都要修改。原因不在于这颗行星有限的矿产资源。"

"如果你有别的理论,我将乐于倾听。"

"当然,所以我才会来找你。我认为——我和其他一些殖民者,我们认为——我们越是将力量集中在建造火箭上,忽视基地的需要,我们在这两方面的进度就越会受到影响。"

"你认为这是士气问题。"殖民说。

"我……好吧,是的!我做了几个心理学论证,也许你想要听一听。"

"波特。"殖民停顿一下,让我的名字在空气中回荡了片刻,"你所知道的心理学都是谁教你的?"

我坐回到椅子里,愣了一会儿,然后低下头,看着我面前的键盘。键盘的每个键之间还能看到阻燃剂,有人曾经将手掌放在桌面上,留下了泥印。

"是你。"我悄声说道,感觉自己是个彻头彻尾的傻瓜。

"我感觉你自认为受到了羞辱,不过这不是我的本意。我只是希望节省你的时间,避免争吵。时间最好被用在生产上。"

我点点头。我明白这个逻辑,但心中还是感到痛苦。我确实发现自己工作的力量在不断被耗尽,而沮丧的情绪正在滋长。产生出它的土壤是一种自己毫无价值的感觉。

"感谢你能来,波特。你是这个殖民地很有价值的一员。"

"谢谢。"我的声音就像这台电脑一样毫无生气和诚意。

我站起身,打算离开。电脑却又说道:"波特。"

"什么?"我转回身问。

"我会做出一些改变。从今天开始。"

"谢谢。"我由衷地表达了感谢。

但我高兴得太早了。

◆

我穿过服务器之间狭窄的过道,来到满是铺盖卷的宽阔空间。外面的坡道上传来响亮的脚步声。我正在思考应该和迈拉说些什么,希克森突然冲进来,差点撞倒了我。

"你到底在这里干什么?"他问道。

"我来和殖民谈谈。"我向身后一转头,示意了一下。不等我转回来,希克森已经用双手抓住我的肩膀,把我推过某个人的床铺,抵在墙上。

"除了我以外,没有人能和殖民说话。你明白?"

我想要盯住他的脸,但他的脸离我太近了,就像一堵红色皮肉的愤怒之墙,充满了我的视野。我轻轻点点头,害怕自己的鼻子会被压扁。"我只是想要……"

"我不在乎你想要做什么。"希克森放开我,向后退去,挡在了我和服务器之间。"出去。"

乐意之至,我心中想着,向门口走去。当我来到门前时,我看见迈拉就坐在坡道尽头,双手撑着下巴。这让我想起了什么。我又回到门里,叫住正在走过服务器的希克森。

"嗨,你想要和我说什么吗?"

希克森半转过身,将一只手放在他面前的服务器上,额头抵住手背。他就那样站了一分钟。我正想要再问他的时候,他开口了。

"没有。没什么,没事了。"

感觉不太像,我心中想。然后我就绕过迈拉,走到空地上,心中想着我将以怎样的方式永远记住这种改变。

第 8 章　震动

我离开指挥模块，向用餐帐篷走去，心中希望能找到一点除了水果糯糊以外的东西做早餐。这时，第一次震动开始了。

一开始，我还以为是我的肚子在叫。通常这种叫声都会变成空洞的疼痛、一种无声的痉挛，就好像我的肠子想要打成结。但这一次，声音越来越大。然后我脚下的大地开始晃动。一种恶心的感觉占据了我。我的内耳和双腿在如何保持站立的问题上变得无法达成一致。

我张开双臂，蹲下身。来吃早饭的另外几个人也做出了像我一样的动作。通过我大脑中那个知道词却没有真实体验的部位发出的信号，我意识到我们正在经历一场地震。我知道自己对于地震的了解就如同对空气和树一样——有一个基本概念，但没有任何深入的知识。我觉得只要静静地待着，地震总会过去，一切都能恢复原样。

然后，我听到了重物掉落的呼啸声。

第一颗炸弹果就砸在我面前不到十英尺的地方。呼啸声越来越大，越来越令人胆寒，仿佛同时来自于四面八方。又有十几颗头颅大小的炸弹果击中了我周围的地面,其中一些猛地爆开。种子和果肉从碎裂的果皮中溅起,一直飞上半空。

我向用餐帐篷跑去。晃动的地面让我跑得东倒西歪。我看到一颗炸弹果砸穿了帐篷,在金属桌面上爆开了。于是我改变路线,冲向旧培养槽模块。

另外十几名殖民者显然也和我有同样的想法。我前面的一个女孩差一点被一颗果实击中。那颗果子就在她面前炸开。她踩在果肉上,滑了个趔趄。我停下来打算扶她一把,结果一阵剧烈震颤穿过坚硬的岩石,让我们两个差一点都扑倒在地。我们急忙又向前跑去,追赶其他冲进培养槽模块的人。终于,我们一头栽进门口,撞在里面的人身上。

我们全都继续向房间深处跑去,为后面的人让出空间。这一切仿佛是我们诞生那天的怪异翻版,只不过这次人群是在从外往里流动——我们拥挤在培养槽之间,向这个我们曾经逃离的地方寻求庇护。

许多果实落在模块顶棚上。巨大的撞击声让我们的耳膜感到痛楚。每次声音响起,我们都会不约而同地缩紧身子,但无声时的等待感觉更糟。灾难即将来临的紧张感会将我们的神经慢慢拉成细线,然后下一颗炸弹果就会狠狠扯动它们。

我们这一小群人都坐在地上,抱紧小腿,身子彼此紧贴着。没有人知道地震会持续多久,大家都只能在心里胡乱猜测,同时衷心希望其他人也能找到安全的避难所。

在炸弹果砸落的间歇,我离开刚刚和我一同逃命的那个女孩,向门口走去。我想要看看外面的情况。不等我走到门前,凯尔文跌跌撞撞地冲了进来。他的臂弯里抱着塔尔西。他们两个的身上都覆盖着鲜血。

我咒骂一声,急忙跑过去,却不知道应该先帮谁。塔尔西抬起头,一双大眼睛里满是恐惧。"救命。"我从她的口形中看出她的呼救。她的声音被又一阵撞击声淹没了。

凯尔文直接倒进了我的怀里。我尽可能轻柔地将他放在地上。他的半张脸上全是血。我摸了摸他的脖子,一边努力回忆自己学过的急救术,嘟囔着想要确定到底是应该抬起他的头还是脚。

"让他坐起来。"有人一边说着话一边赶过来帮忙。我相信她是对的。我们几个人用力抱起凯尔文的双臂,把他拖到一个培养槽前,帮他坐好。他的体重仿佛足有一吨。我用双手摸索他的头部,寻找伤口。我的手掌都沾上了果肉和血。

凯尔文抬了一下眼皮,眨了眨,又猛地将双眼瞪大。但他的眼珠不停地转动,完全没有聚焦,再次飞快地眨了几下眼睛之后,他才问道:"我在哪里?"

有人脱下衬衫递给我。我用那件衬衫包住凯尔文的头,对他说:"你没事了,好好休息。"

"我觉得到处都在晃。"他告诉我。

"是地面在晃。"塔尔西说。她抱住我的手臂,贴在我们两个身边。"出什么事了?"她问我,"是地震吗?"

我点点头,"我认为是。"

就在我们开始讨论的时候,大地的"隆隆"声似乎开始消弱了,仿佛正在向远方退去。炸弹果落下的风声和撞击声又持续了几分钟。直到那声音彻底停止,我们才走到门口,查看外面的情况。

完全安静了半个小时以后,我们走出模块,看见其他殖民者摇摇晃晃地从各自的避难所中走出来。营地遭受的破坏和满地的绿色果肉让我们全都吃惊不已。

可能是出于习惯,或者是到了吃饭时间,或者也许只是因为看到了这么多食物,我们聚集到了用餐帐篷周围——或者说是那顶帐篷的残骸周围。我从一只黄金雨水桶中取了一些水,为凯尔文清洗伤口。奥利弗跑过来,兴奋得满脸通红。

"你看到了吗?"他问我。

"看到什么,那场该死的炸弹果风暴?所有人都看到了。"

"这是一个奇迹。"奥利弗的表情变得无比严肃,"一个奇迹。"

我又把金碗探进水桶深处。一颗直接砸落在桶中的炸弹果让水溅出去不少,现在那颗果实正完整无缺地躺在桶底。"我需要照顾凯尔文,"我对奥利弗说,"我没有时间看什么奇迹。"

"但你不是看见了吗?"奥利弗拽住我的胳膊,"你去找殖民,因为大家正在挨饿。看看现在发生了什么?"他摊开双手,悄声说,"来自众神的果实。"

"是的,众神的准头很好。去找些干净布好吗——凯尔文的头差一点被砸成两半。"

奥利弗用力一拍手，跑开了。我看着他跑远，就回身向我的朋友们走去。但奥利弗没有去找布片或者其他任何实用的东西。我看见他又揪扯着其他人，时而指指指挥模块，时而指指天空，不断散播着关于众神和我们的救赎的理论。

第9章　黄金子弹

那一天随后的时间里,大地和我的胃都令人感激地保持着安静。但殖民者中间的噪声仿佛永远都不会平息。炸弹果提供的热量全都被抱怨消耗掉了,需要完成的任务却只是处在搁置状态。我听到不止一个人在质疑,为什么要把时间浪费在一枚火箭上,现在明明还有许多更重要的事情需要去做。我意识到,我还是要和殖民谈一谈。

还没等我找到绕过希克森的办法,凯尔文在晚餐的时候找到了我,给我带来了一个更加严肃得多的问题。他一屁股坐在我对面,低垂着被绑带包住的头。我正要问问他感觉如何,他却沿着桌面向我伸过一只手。

我低头去看那只手,那只手又缩了回去,留下一发黄金子弹。

"你是从哪里弄到的?"我问他。我立刻就认出了这东西——就像我能立刻认出地震一样。

"我做的。"他一本正经地说。

"为什么?"我抬头看向他,心中思忖我在午餐时让他做的脑震荡分析测试有没有漏掉什么步骤。

"希克森把我调离了农场。实际上,他把农场的所有人都调走了。拖拉机都不许工作。但有另外两个建造团队的人一直待在我们建成的工具模块里。我从没有看到过他们在制造什么,不过我看见有金属管被送进去。而且有人问过我膛线枪管的事。"

"他们在造枪?"我竭尽全力压低了声音。

凯尔文点点头。

奥利弗和塔尔西走过来,他们身边还有另外两个我不是很熟的辅助团队成员。我立刻用手捂住那颗子弹,将它塞到我的膝盖下面,同时提醒自己,我需要给自己的新衣服上缝几只口袋——这已经是我今天第三还是第四次提醒自己这件事了。

"你们看上去可真严肃。"塔尔西说。她向我一摆头,"如果你打算改变之前的诊断,我要提醒你,他本来就不太聪明。"

她又向凯尔文笑了笑。凯尔文立刻回给她一个恶狠狠的笑容,还努力挤弄脸上的肌肉,装出一副因为被无端贬损而感到伤心的样子。"实际上,"他说道,"我们正在争论今晚谁应该睡在地上。"

"那我们也应该加入讨论。"塔尔西一边说,一边用一只明黄色的勺子盛起一些新鲜的水果糊。

"是的,"奥利弗说,"我的背根本受不了连续两个晚上睡在地上。"

"不,"凯尔文的脸已经因为假装心痛而有些痉挛了,"我刚刚对波特说,让我每天晚上都和你一起睡不公平,应该轮到他了。"

塔尔西放下勺子,转向我。

"他是在和你开玩笑。"我告诉塔尔西,"我从没有这样说过。"

"那该轮到我了。"奥利弗挖着水果糊,用眼角觑着塔尔西。

塔尔西瞪着我,愤怒地眯起了眼睛。

"怎么了?"我问道,"我发誓,他只是在报复你刚才骂他蠢。"

"这件事我们等会儿再谈。"塔尔西低头去看她的碗了。

"好吧。"我看向对面的凯尔文,举起一只拳头。那个冰冷的黄金圆柱体就被包裹在我的手心里。"我们等会儿再谈这件事。"我悄声说。

· ✦ ·

那天晚上,我们三个懒洋洋地躺在我们的拖拉机引擎盖上,在又一个不可能实现的截止日期结束时放纵地休息着。今晚我们身下的金属盖子第一次冷冰冰的。因为农场上的工作没有半点进展。这也是我们第一个没有奥利弗的夜晚。

他的缺席让我觉得仿佛我们的家少了一只轮子,让我们这个小家不再完整,失去了平衡。早些时候,他过来拿走了几样他的东西,告诉我们他想要睡在靠近指挥模块的地方。那时的情形真是尴尬。我们都不知道该说些什么,感觉就像是我们永远都无法再见面了,尽管从我们的引擎盖上正好能看到指挥模块唯一的窗户。不过他答应每天都会和我们一起吃饭。

于是我们三个躺在一起,却少有地陷入了清冷的沉默。凯尔文和塔尔西继续装作在生彼此的气。白天时他们还只是相互挖苦,不停地开着彼此的玩笑,现在却变成了一场口角。塔尔西甚至强迫我挪过去,躺在他们两个中间。但我只是这个家的第三只轮子。塔尔西依偎在我身边,我却觉得她是在用这种方法向凯尔文进攻,而不是真的对我有好感。

片刻间,我开始想象凯尔文贴到了我的另一边,向塔尔西还以颜色,这幅画面让我兴奋起来……是性方面的兴奋。然后我又为此满心羞愧。我集中精神让自己的兴奋感消失,却只是让它变得更强烈了。我低头看看自己的身子,发现裤子上的隆起被拖拉机驾驶室射过来的灯光照亮。我感觉自己的两位朋友也能看见,同时我还担心这会引起更多人的注意。我越是这样想,那东西就竖得越直,我觉得自己简直要羞死了。

"你有什么话想说吗?"凯尔文问我。

"什么?"我的面颊在发烧,"我……我想要说什么?"

"你知道。"他用胳膊肘杵了我一下。

"没有。"我能感觉到自己的脸变成了亮红色,但至少血液冲到脸上,让那个羞耻之源软了下去,"我不知道你在说什么。"

"子弹。"他悄声说。

哦,我长出了一口气。"是的。"

"什么子弹?"塔尔西一边高声问,一边侧过身来,把一只膝盖搭在我的腿上,又把下巴枕在我的胸口。

"嘘,"凯尔文示意她不要大声,"别人能听见。"

他不是在开玩笑。几天前的晚上,我们四个在引擎盖上纠缠在一起,不停地"咯咯"笑着。另外两个人就坐在能量模块顶上,疯狂地互诉衷情。

他们用了至少一千种方式。

其中有一些已经不属于语言了。

塔尔西爬到我身上,一只膝盖压住我的大腿,嘴唇距离我的面颊只有几英寸。

"什么子弹?"她悄声问。从她肺里吹出的热气拨弄着我耳孔深处的细毛。

我把她推开,轻声笑着用一根手指掏进耳朵,挠了挠发痒的地方。"告诉她吧。"我对凯尔文说。

凯尔文平静地讲述了他今天的行动,告诉我们两个他的团队都打算做些什么。我盘腿坐起身,转过去面对着他。他说完以后,我们三个坐在一起,几乎把头垂到了膝盖上。塔尔西看着我们两个,低垂的眉毛流露出担忧。

"你们两个是不是有点太多疑了?"她悄声问。

"多疑?"凯尔文反问道,"他们在造枪。"

"也许他们是要去打猎,或者是自卫。"塔尔西说。

"那为什么要偷偷造?"我问她。

"他们没有偷偷造。是我们在偷偷造子弹。"

凯尔文摇摇头。"我不知道。你应该看看他们是怎么做的。他们每个人都分别行动,而且没有人会提起这件事。"

"提起这件事的是我们。"塔尔西说,"很多事都不会被大家挂在嘴边。建造火箭,将我们唤醒,为未来做准备。我觉得你们对这件事过度解读了。"她指着凯尔文说,"我明白你为什么会这样想。"然后又指向我,"你又是什么时候被撞头了?"

"我觉得凯尔文是对的,"我对她说,"而且我觉得这可能都是我的错。"

"你的错?这是怎么回事?"塔尔西问。

凯尔文也看着我。我努力想要把前因后果理清楚。塔尔西质疑我的时候,我刚刚找到一点眉目。

"我觉得这可能和我今天上午与殖民的交谈有关。"

卡尔文一皱眉,"我记得你说过那次交谈很顺利。"

"是的。"塔尔西说,"奥利弗还说,你们的交谈带来了'奇迹'。"

我向她皱皱眉,"殖民说会做出改变。我本以为它会让我们继续为未来做计划,暂时放缓建造火箭的进度,也许还会想办法鼓舞我们的士气。"

"造枪对我们有什么帮助?"塔尔西问。

"没有,"我各看了他们一眼,"除非有人根本就不在乎什么士气。"

我们彼此注视着,陷入沉默,直到一颗炸弹果从树冠上落下来。撞击声让我们神经一紧,一阵恐惧掠过心头。经过今天那场震动,我们有这样的反应很正常。不过这也许同样表明我们正越来越清楚什么是孤立无助。

第10章 命令

那天晚上,我做了更多的噩梦,其中有一些是我有生以来最可怕的。在一个梦里,从树上掉落的不是炸弹果,而是四百多个没有走出培养槽模块的殖民者的头。那些人头像雨点一样朝我们砸落,带着火焰,落地的时候已经变成了焦黑色,却还在尖叫不止。我们将它们从地上收集起来,直接吃掉,不停地舔着从破裂的颅骨中溢出的东西。那些东西的味道虽然恶心,但我们更在乎自己的生存。在梦里,我知道再过不久,这些头就会被吃光,到时候我们这些还活着的人将以彼此为食。

几天以后,这些梦的影子开始渗透进现实世界——一个新的团队被组建起来。我本以为希克森会是我见到第一个配枪的人,但我猜错了。我看到的是奥利弗。他不是第一个得到武器的,我只是没有像躲避希克森和另外一些人那样主动避开他。

我当时正从他身边经过,要去能量模块完成建造任务。那个亮晃晃的金色物体在他的腰间映射着阳光,引起了我的注意。他向我问好,我却听不到他说些什么。我的心思全都在他的那件东西上。以前我只是在训练模块中认识过它,但我知道它非常危险。

"我说,下午好。"奥利弗重复了一遍。

我点点头,抬起眼睛,尽力回应他的微笑。"吃午饭的时候没看见你。没有了你,拖拉机的地板都变冷了。"

奥利弗一皱眉,"是吗?真奇怪,我还挺怀念那里的。不过我已经全时段住进指挥模块了。希克森让我成为执法者。我不必再做收集炸弹果的工作,用不着再去清理那些绿色垃圾了。"

"执法者?"我问道,"那是什么?"

"我们进度落后的情况越来越严重。执法者会确保我们回到正轨。"他竖起一根手指,在头顶上绕了一大圈,"我们今天会打开泛光灯,这样我们就能工作到很晚。而且因为我们前几天得到的礼物,就算我们全力以赴完成项目,也不会挨饿。"

"全力以赴?"我问道,"难道我们不需要考虑得长远一些吗?那些泛光灯的能量又从哪里来?就算是在完成项目的模块里,我们也要仔细分配能量。"

"我们要切断安保区域的供能。反正这里没有任何掠食兽的影子……"奥利弗突然停住,上下打量了我几眼,"天哪,波特,你的声音听起来很紧张。一切都好吗?你是否需要一些精神上的指引,好帮助你度过这黑暗的时刻?"

我笑了。但奥利弗面颊上那一阵痛苦的痉挛让我知道自己做错了。"不,"我说,"我很好。我只是……我猜,我们中有一些人会觉得,为了一个一无所知的项目做出这么大牺牲,实在是有些困难。"

奥利弗点点头,"我明白。你们科学家总是第一个心存疑虑的。"

"不是这样,只是……"

奥利弗抬起手,"我在和你谈话,在帮助你,但我不会听你说什么。我不想让你在我的脑子里塞满……那些乱七八糟的……"他转身要走。

"奥利弗,等等,我不是要……"

他转回身,抽搐的脸上燃烧着纯粹的怒火,让我一下子住了口。"殖民给了你生命,"他恨恨地说道,"难道你不明白吗?是它传授给你一切知识。如果没有它,我们甚至都不可能站在这里。如果一切顺利,如果有五百个我们清理这片土地,像动物一样繁衍,你还会质疑你的存在吗?你会诅咒那个创造你、教会你如何生活的人吗?还是你会奋力建造一个更好的世界,为殖民和国家服务?"

"我不认为……"

"我知道你不这样觉得,波特。你没有看到眼前正在发生什么。无论这里出了什么事,我们中间总会有一些人能够做到忠心服从。一些人却难以压制自己反叛的冲动。我打赌,如果我让你耕种土地,你一定会跑去建造火箭。我们也许应该利用一下这种……哦,你管它叫什么?"

"逆反心理?"

"是的,差不多。"奥利弗用手指点中我,"你知道,从我们出生那一天开始,你就很痛苦。这也许就是你的命运,但不是我的。我知道众神的荣耀，而我将忠于他们的事业。从第一天开始，我就是这项事业的执法者，无论有没有这个。"他说着拍了拍腰间的枪。

"你需要审视你的心，"他又对我说，"看清你正在为什么而努力。与众神同在。"

然后他就转过身，大踏步走了。

我看着他走远，为他感到哀伤，然后又咒骂他用那种方式攻击我，还种下了一粒怀疑的种子……

◆

那个晚上，我第一次领教了我们的新生活——在10000瓦特灯泡的刺眼强光之下。晚餐以后，我们被命令回到各自的岗位去工作，直到完成当天的定额。对于我们的团队，这意味着要将三个火箭推进装置安装在载荷舱的末端。为了将AI的包裹送到目的地，三个装满两种推进剂的储罐都需要独立点火喷射，最终脱落。我们这些名不副实的"科学家"需要完成这套系统。另一支团队要将构成导航阵列的线路焊接在一起。

我们工作的时候，一个曾经属于建造团队的人就站在门口，一只手按在他的枪上。他是个高大的家伙，我在吃饭的时候见过凯尔文和他说话。我们都理所当然地默认了他的存在，这一点其实有些奇怪。对于这一套新规矩，我们在公开场合大多只是耸耸肩就接受了。只是在没有别人的地方，我们才会抱怨几句，呻吟一声。缪丽尔帮我检查三个储罐的混合阀。她和那个监视我们的大个子睡在同一个模块里。她想要和那家伙聊几句,问问他对新工作有什么感觉。但那个家伙一句话都不回。我们的辛苦工作本来就没有什么乐趣可言。原来我们还会开个玩笑,说些闲话,给工作一点调剂,现在就连这些都从我们工作的能量模块中消失了,就像为了打开这些该死的灯而被吸光能量的防御网。

于是我们在沉默中干着活,偶尔会听到团队中有人发出沮丧的咕哝声。外面不时会有一颗炸弹果呼啸着落下。我们就全都在恐惧中打个哆嗦,尽管有一层屋顶在上面保护着我们。

第11章　崩溃

一个人习惯新环境的速度真是快得令人吃惊。我的脑子里装满了关于如何救助濒临崩溃的大脑的知识。但我看到身边的人在越来越强大的压力下仅仅是不断弯曲得更厉害，却依然能保持某种程度的完整。根据我接受的教育，精神是脆弱的，我却见证了它难以置信的坚韧，实际上，我也是表现出这种坚韧性的范例之一。

我还注意到另一件事——人类大脑对因果事件的配对是多么迅速。"A"会导致"B"。我们总喜欢做这样的联系，无论这有多么缺乏逻辑。就像塔尔西在开玩笑的时候总是喜欢打人。只要她的手掌拍在谁的身上，紧接着的肯定是她那有些奇怪的娇俏笑声。这两件事一定会一先一后地发生，简直就像时钟一样准。凯尔文和我总是会用她的这个习惯开玩笑，对她说，就算是她再下命令我们也不会笑了。我们相信她就是这样想的——如果我们不觉得她的笑话好笑，她就会给我们一点暴力威胁。

但我们越是努力不笑，我们最终就笑得越厉害。而且最近我们似乎总是笑得越来越多，越来越厉害，同时我们的工作时间却在大幅度延长,我们能够在一起的时间少了很多。这也证明了我们虽然被压弯了,但还是不会崩溃。

炸弹果的呼啸声代表着另一种因果关系。呼啸声之后,常常是"嘭"的一声响。果壳爆炸的时候声音通常都比较柔和,那意味着果子落到了泥地上,我们的下一顿饭里就会有泥土。但有时候,一颗大炸弹果击中金属,发出响亮的轰鸣。第二天,某个吃饭团队也许就会看到自己的餐桌上有了一个新凹坑,而且他们的早餐已经在桌上放好了,正在由各种各样的小蠕虫尽责地照顾着。

呼啸之后肯定会有爆炸声,就像时钟一样准确。前者就是后者的预警。二者中间的那段时间就只能在紧张中等待。

所以当那些声音的出现顺序反转过来的时候,我的神经完全没有准备。那天已经很晚了。我的团队还在拼命完成当天的工作配额。我们几个人正在室外将管子接到一起——焊接会冒出大量浓烟,我们不想让屋里的其他人被呛到。但更重要还是因为一个讽刺的事实,现在室外被泛光灯照得比能量模块里面还要亮。为了完成 AI 的命令,我们消耗了大量能量。

爆炸声毫无预警地响起,声音很大。我全身都抽搐了一下,手中的焊枪掉在地上。我们相互交换着眼神,不知道发生了什么。随后又是一阵刺耳的尖啸声。两个声音的顺序明显错了。

我没有去捡地上的焊枪,而是向声音传来的地方跑去。缪丽尔跑在我前面,她在声音刚一响起的时候就迈开了步子。

号叫声来自于发射台的方向。其他殖民者也都在朝那里聚集。执法者们都吆喝着要我们回到岗位上去,但没有人听他们的。他们中间有人朝天放了一枪。

我缩了一下身子,随后立刻意识到枪声和我刚才听到的爆炸声完全一样。那一声尖啸其实是远处有人在号叫。随着我们跑上通往火箭发射台的斜坡,那声音越来越响了。

几名执法者站在一起,他们闪着金光的枪都低垂着。希克森跑到他们中间大声喝问。斯蒂芬妮坐在地上不停地尖叫——我是通过凯尔文认识的这个女孩。有一个人正躺在她的大腿上,一动不动——这幅情景让我禁不住想起了史蒂文斯死去的那一天。躺在斯蒂芬妮腿上的男孩身材相当高大。有那么一秒钟,我觉得那是凯尔文。不过我很快就看见凯尔文从脚手架上跳了下来。

"你干了什么?"斯蒂芬妮一边叫嚷,一边前后摇晃着身体。我向她跑过去。和我一起赶到的还有朱莉——她受到过护士训练,所以被默认为基地的医生。

那个男孩双手按在肚子上,徒劳地想要止住不断冒出来的血。他的胸口急速地一起一伏,除此之外,他身上还在动的就只有他的眼睛,转动的眼珠不断看向我们每一个人。

"让我看看。"朱莉说着将他的双手分开,又把他单薄的上衣翻到胸口之上。血液涌流而出,黏稠而且色泽深暗。朱莉急忙将手捂在伤口上,高声命令我们去拿水、干净的布和凝血剂。我听到的只有这些。有人强行将我拽开了。

"给他们一些空间。"希克森说。

我跟跄着后退,心中腾起怒火。一名执法者来到我面前,手里举着枪。但他不是在用枪威胁我。他只是无力地握着枪身侧面,看着那把枪,仿佛不知道它怎么会到了自己手里。

"我不是想……"他看着我说道,他的眼睛里满是泪水,"他想要多休息一次,我不是想……"

我把枪按下,让枪口不要对准我,又抬头去找凯尔文。他就站在脚手架旁,双拳紧握在身前,两只眼睛如同匕首一样瞪着希克森。

我离开那名执法者,让他自己去对付他的负罪感。我要赶快到我的朋友那里去,阻止他犯下巨大的错误。

·◆·

那天晚上,我们三个一起坐在拖拉机的驾驶室里,头顶的灯光刚好让我们能看到彼此,不会撞在一起。驾驶室里潮湿闷热,但我们都觉得引擎盖上不安全。我们害怕别人听见我们说什么,也害怕头顶的炸弹。

"我们需要离开这里。"凯尔文看着坐在他两侧的我和塔尔西说。

"去哪里?"塔尔西问,"在一颗行星的荒野中流浪吗?而且还是一颗根本没有得到过开发的行星?殖民从没有让任何人看过这里的卫星地图。我们根本不知道外面有些什么。"

"我们知道这里有什么。"凯尔文说。

"塔尔西是对的,"我告诫凯尔文,"而且我们这样做就是把其他人都抛弃了。"

"谁想和我们一起走,我们都欢迎。"凯尔文说,"人越多越好。这个地方有足够的雨水,不是么?所以外面也会有很多炸弹果。尤其是发生了那场地震以后,到处都应该有不少果子落在了地上。我们能靠它们维持下去,直到我们开始……"

"开始什么?"我问,"钻木取火?你知道我们需要用多长时间才能重新建起这个基地的一小部分?"

凯尔文冲我挺起胸膛,提高了声音:"那么你知道如果我们继续留在这里,再过多长时间就会开始自相残杀?"

"镇定,"塔尔西说,"你们两个都平静一下。"

"抱歉,"凯尔文说,"只是今天的事情太让我生气了。我知道那个执法者肯定会做些什么。今天他一直在脚手架旁边嘀嘀咕咕的。天哪,我真应该早些下来。"

"然后你就会变成那个需要输血的家伙。"塔尔西说着,用双手握住了他的胳膊。

凯尔文哼了一声,但他的嘴角稍稍翘起了一点。他分别看了我们两个一眼。"如果你们愿意,尽可以留在这里,但我要走了。我会从仓库里拿走一块镁和一把砍刀,这样我就能生火了。也许还要带上几块防水布。它们可以用来盛水或者搭个棚子。不用带太多东西。只要能坚持一个星期就好。我不会坐在这里看着我们把彼此撕成碎片。"

不等我说什么,塔尔西的话却让我大吃了一惊。

"我和你一起走。"她说道,"明天早上,我可以从辅助团队那里拿几包种子。不过我觉得,我们应该把消息传出去,让其他人也有机会和我们一起走。"

我不停地摇着头,心中思考着该用什么方法让他们放弃这个计划。"如果告诉别人,他们就会阻止你们,甚至是使用暴力。"

"那么,你要留下来。"凯尔文说。

"我觉得我没办法离开。"我悄声说,"谁也不知道在这个基地的边界以外有些什么。"

"我们可以再待一天。"塔尔西说。我感觉到她转向了凯尔文,"这样可以么?我们可以利用这一天收集一些东西。明天不会和今天有什么不同,但我觉得到时候离开的将不会只有我们两个。"

"再过一天,我一定就要疯了。"凯尔文说,"到时候我就只能去找心理医生了。"

塔尔西用力拍了他一下,显然她是为我拍的。这让我们全都笑了起来。这种感觉真好,哪怕我们还不太明白为什么要这样做。

如果我们当时知道这是我们三个最后一次在我们的小家里享受这样的时刻,我们还能笑得出来吗?尽管塔尔西和凯尔文同意再等一天,我们很快就会发现,这一天并不会等待我们。

第12章 失踪

我已经是连续第二个晚上几乎一夜没合眼了。只要闭上眼睛，噩梦就会来追逐我。在那些梦里，我会突然醒来，发现只剩下了自己一个。有几次我偷偷溜出去，坐在引擎盖上，想要透过浓密的树冠看到一点星光，听听早餐落下时发出的呼啸声，缩起身子，担心自己会像凯尔文一样被果实打破脑袋。

大家都醒过来之后，我们开始完成每天早晨的例行事务，轮流使用挂在拖拉机驾驶室上面的太阳能淋浴。从树冠层透进来的阳光几乎没能把水加热多少。昨天水箱吸收的热量也在晚上的时候都散发掉了。我又一次下决心在晚上洗澡，尽管我知道，那时候我一定早已筋疲力竭，只想着和朋友们一起好好休息一下。

洗过澡以后，我穿回自己唯一的那套衣服，刚刚洗净身体带来的清新感觉立刻消失了大半。今天早上与往日唯一的不同就是我们之间没有开任何玩笑。我们全都在思考那个一旦做出就再不可能挽回的决定。我们擅长的是软科学，是一些并不精确的理论。我们每一个人都在担心这些理论在面对现实的时候会毫无用处。

我们去吃早餐的时候变得更加沉默。拿到属于我们的一点水果糊之后,我们坐在桌子周围,盯着自己的食物,还有凹凸不平的桌面。在AI指定的半个小时用餐时间里,我们几乎都没有看过彼此一眼。我们分开去各自的工作岗位时,我听到邻桌有人在嘟囔说蜜卡和彼得没有来吃早餐。我那时并没有去想他们到底出了什么事。

到了午餐时间,我们发现他们失踪了。迈拉在休息前过来和我们的执法者说了些什么。可能是因为我的职业,或者是我们在不多的几次交流中建立了某种微弱的关系,她在给执法者送过信以后又特意找到了我。

"我们需要谈谈。"她站在我的工作场地边上说。

我拧好一个燃料舱上的螺帽,站起身。"好啊。你还好吗?"

她没有再说话,只是向我招招手,沉默着走过了模块。我注意到周围有许多人在转悠,可能是我们这里的时钟坏了,或者是今天大家提前休息了。

"什么事?"我问迈拉,"你一切都好吗?"

"出事的不是我,是蜜卡和彼得。昨天晚饭时就没有人再看见他们了。"

"昨天晚上?他们是不是去农场了?"我朝农场的方向望了一眼。不过那些地块都在一片高地上,从这里是看不见的。

"他们已经有好几天没有在室外工作了。他们应该帮助辅助团队进行清除树冠的工作。"

"用那些小火箭?"

"是的,他们应该向工具模块报告黑火药提纯的情况,但他们甚至连早饭都没来吃。"

我越过迈拉,向营地周围望去。现在我理解大家的行动模式了。他们在散开,在进行搜索。

迈拉拨开额头上的短刘海,"你和他们有交流吗? 有没有发现什么不同寻常的地方?"

我摇摇头,"没有,我们昨天都累坏了。也许他们只是想要放一天假。"我竭力让自己的话显得有理有据,但这种说法其实连我自己都不相信,"他们通常都睡在哪里?"

"通讯模块。而且辅助团队白天时会在那里工作。他们却不在。"

"我们去那里看看。"没有等她同意,我就朝通讯模块走去。

"你有什么想法?"迈拉一边追上我一边问。

"我觉得我们也许会发现消失的并不只是他们两个。"

我们到达通讯模块的时候,发现只有一个人在那里工作。这座建筑中充满了一股浓烈的化学药品气味,许多瓶子里都盛着不断冒泡的液体,瓶口冒出一缕缕带有危险气息的烟雾。正在这里忙碌的是凯拉,一个和我说过几次话的女孩。她从临时搭建的工作台前转过身,脸上戴着简陋的塑料面罩。

"找到他们了?"她问迈拉,"哦,波特,你好。"

"嗨,你睡在这里?"

凯拉摇摇头,"我睡在能量模块。不记得了? 你曾经把焊膏滴在我的铺盖卷上。结果我吃早饭的时候发现那东西都沾到我头发上了。"她微微一笑,但当她注意到我们两个的表情时,笑容就立刻消失了。"他们俩是不是出什么事了?"

"我不知道。我需要知道他们把自己的东西都放在哪儿。"

"好吧。"凯拉站起身,摘下面罩小心地放在工作台上,"蜜卡一直都在这里。我知道她放私人物品的地方。"

我们跟着她来到模块深处。这里贴墙有一排架子,是建造团队做的。大部分储物格里都塞满了贴着标签的金罐子,不过架子顶部堆着铺盖卷和用帆布缝的大包。凯拉踮起脚尖,将几只布包挪到一旁。

"真奇怪,"她说,"蜜卡总是会把东西放在这个角上的。"她又把几个架子都扫了一遍,扬起脖子一直看到最上面一层。不过我已经知道答案了。

"她的东西不在这里。"凯拉说。

我点点头,转向迈拉。

"你早就知道了。"迈拉说道。

"我只是有些怀疑。"

"怀疑什么?"凯拉问。但迈拉已经拽着我向门外走去。我一边走一边回头向凯拉道谢。

走出模块以后,迈拉再次转向我。"你认为他们离开了,对不对?"

"是的,我觉得……"

"你有没有预见到会有这种事发生?为什么你不警告我们?"

难道这不是你这个职业的责任吗?"

她的指责让我感到一阵怒意。我朝能量模块一指:"我在制造飞行器。"我的声音比平时大了很多,"我要焊接管子,建造推进舱。我在两个星期以前根本就干不了这些事。"

迈拉用双手揉搓面颊,低头看着自己的脚。"我知道,"她说,"很抱歉。我……这个星期实在是太疯狂了。但如果你认为存在这种可能……"

"我也是昨晚才想到会有这种事,"我没有说谎,"而且也只是随便想了想而已。我当时在想,大家什么时候会完全坚持不下去,发起暴动,或者逃跑。"

"暴动?你听说了什么?是凯尔文吗?"迈拉歪过头看着我。我注意到她的手放在了腰间的枪上,又想起她最近和谁睡觉。

"什么?不!我什么都没有听到。"我试着用自己的眼神说服她,但她已经不再看我了。她在扫视那些不断分散开的人群——大家还在寻找那两个失踪的人。"我只是担心,我们把大家逼得太紧了。"我说,"我们之中有人受不了只是时间的问题。"

迈拉眯起眼睛,再次盯住我。"波特,我们是殖民者。我们接受的训练就是要完成这个任务。"

胡说八道,我想要这样说,但还是克制住了自己的冲动。我已经开始怀疑迈拉不在我这一边了。然后,我的心中突然冒出一个想法,让我不禁感到一阵恶寒:如果逃走的不是蜜卡和彼得,如果昨晚我们在拖拉机中的交谈导致了另一种结果。现在基地中的人们可能就都会在议论我的朋友——凯尔文和塔尔西。我很同情蜜卡和彼得。因为迈拉可能正在考虑要把他们作为叛徒绞死。

"我需要去把情况告诉希克森。"迈拉说,"赶快去吃个午饭,然后到指挥模块来。我们需要对边界进行搜索,看看他们是不是越过了围栏。"

我点点头,为了能够结束这场对话而高兴。

· ✦ ·

边界围栏建造在一道环绕整个基地的宽阔护堤上。十五年以前,这道夯土护堤就已经建成了。它的两侧都是深沟,上面竖起了十英尺高的通电栅栏,让外界的掠食兽望而却步。

也让里面的人变成了囚犯。

我站在内壕沟前,身边是一同执行搜寻任务的建造工人斯科特。我们不得不钦佩蜜卡干的事情——五根横杠被削断了。我仔细查看之后,发现它们可能是受到了酸液的溶解,或者是被气焊切断。断口上还有融化的痕迹,凹凸不平而且带有气泡。五根横杠上还缠着导线。导线另一端垂在土沟里,成为引走电能的地线,让人可以安全地从缺口中通过。

看起来,蜜卡没有把自己在不久前受到的电工训练只用在为殖民地服务上。

"不算坏。"斯科特说。

"是的。"我一边附和,一边好奇他是不是也和我有同样的心思。"不管怎样,这些东西不是为了阻挡有智慧的生命。如果这颗行星上有那种东西,我们早在十五年以前就会被流产了,那时流产肯定不会像现在这样麻烦。"

"显而易见,波特。"斯科特皱起眉,拍拍我的后背,"我们去告诉其他人吧。"

"用不着那么费力气。"我说着伸出手,抓住一根绝缘导线,把它从横杠上拽了下来。通电围栏发出的"嗡嗡"声立刻随之改变了频率,就像是一窝被惊动的蜜蜂。远处有警笛声响起,从高亢变为低沉,又再次变得高亢,有规律地不断起伏波动。这声音让我打了个冷战,不过我对这个小测试感到颇为满意。

斯科特捶了一下我的胳膊。我转过身想要辩解,不过他没有更多的动作,只是微笑着看向我。

"你们这些科学家真是可怕。"他说。

第13章　覆盖

塔尔西和我坐在我们拖拉机的驾驶室里,凯尔文不在。他必须在发射台上工作到很晚。第一枚清除树冠的导弹发射时间被提前到了今晚。我们还被邀请去发射台的掩护所观看发射,不过我们只担心火箭炸开树冠之后会有太多炸弹果落下来。

当然,获得更多的食物是一件好事,哪怕其中有很多会被浪费掉。经过那场地震以后,我们已经知道炸弹果的果肉即使在冷藏的情况下也无法长时间保持新鲜。只要放置一段时间,里面就会钻出毛茸茸的蠕虫。但就算是我们知道围栏外面有成吨的这种果子正在腐烂,也没有人被允许到外面去。随着农场的工作停顿,整个殖民地的人都希望导弹不只是能够为火箭发射清除出一片空间来——它应该还可以给我们带来一个星期的食物。

"你觉得蜜卡和彼得正在做什么?"塔尔西问我。

"不知道。"我说,"不过我希望他们能找到合适的住处。"

"我也是。我还希望他们能找到些别的食物。"

"那样就太好了。"我向前探出身子,透过车窗朝外面纯黑色的树冠层看了看。"它们一定长得很快,才把我们完全封闭在这里。"

"那些树?"

"是的。你不觉得殖民飞船在降落的时候肯定把这里的树都烧光了吗?"

"已经十五年了。"塔尔西说,"不过我个人也认为我们应该先等一等,到火箭快要发射的时候再清除掉这些树枝。"

"希克森听到这话一定会发火的,"我说,"他需要炸掉些东西来平复自己的情绪。"

"说到发火,现在请不要冲我发火。"

我向她看过去,"出什么事了?"

"我吃过晚餐以后和凯尔文谈过。他现在只想要出去。也许今晚就会走。"

"你要和他一起走?"

塔尔西摇摇头,"不,我对他说,我会和你一起留下来。我求他重新考虑。他说他至少还会过来见我们一面,拿走他的东西。我觉得他是希望我们两个都跟他走。"

"你改变主意了? 你确定?"

塔尔西伸双手握住我的手,按在她的大腿上。"我想要和你在一起。"

我点点头,自以为明白了她的意思。

她探过身,将双唇贴在我的嘴唇上——我这才知道自己根本不懂她的意思。

我们接吻了。我见过其他几对伴侣做这件事,也从理智上知道这件事,就像我知道地震、枪和蜂窝。但这一次我的脑子里仍然只有概念,却找不到真实的感觉。实际情况总是比概念更有冲击力,也更危险。

我们的嘴唇在同步移动,感觉就像触电一样。不过这种感觉只持续了短短一瞬,然后就不对了。我们并不相配。我想到凯尔文,不由得向后退去,用双手握住塔尔西的肩膀。

"我做错了么?"在昏暗的灯光下,塔尔西的脸罩上了一层严肃的面具。

我笑了,"我怎么会知道?我以前从没有做过这件事。"

"但你不喜欢这样。"她说。

"不,我爱这样。我爱你。"我转开头,把她拉近,她的头枕在了我的肩膀上,"是因为凯尔文。"

"我和凯尔文之间没有发生过任何事。"她对我说,"我愿意和他一起睡是因为我信任他不会胡来。"

"他真的喜欢你。"我意识到塔尔西误解我了。

我也想知道自己到底是什么意思。

"我知道。"她用手抚摸我的手臂,从肩膀一直摸到臂肘。这种感觉比接吻还要好,又舒服又亲密,让我觉得熟悉又新鲜。"但我的事情要由我来做决定。我选择你。"

我用力搂住她,努力去想象我们两个在一起的样子。但那种画面并不适合我的大脑。我无法为它找到合适的位置。那种熟悉的疑虑又浮现在我的脑海中,告诉我为什么我会想到凯尔文,为什么我和塔尔西不可能在一起。这不是因为我担心自己正在从凯尔文身边把塔尔西夺走,而是因为塔尔西是她,不是他。

"我不想搞乱我们现在的生活,搞乱我们三个的关系。"我说。

"如果他今晚走了,你和我留下来,就没有我们三个了。"

"你想要走吗?"

"是的,但我更想要留在你身边。"

这话一下子戳中了我的心,充满在其中的甜美和真诚在切割着我,给我压上了一副困惑的重担。我找不到方法向她解释我是多么爱她,却又不是她对我那样的爱,永远也不会是。

"如果我想走呢?"我问。

"那我会更高兴。"

"到时候我们该怎么办?在荒野中流浪?"

"我们先离开基地,建起一个居住的地方,收集食物,培育一些地球的作物。自由自在。"

"自由自在。"我说,"听起来实现这一点需要我们完成很多工作。"

"也许要比现在的工作更辛苦,但这全都是为我们自己做的。"

我知道,她是对的。我又想到了和殖民 AI 的谈话。就是那次谈话让我们之中的一些人有了枪,让我们的状况变得更加恶劣。

"也许我们能找到蜜卡和彼得。"我不由自主地说道。

塔尔西从座位上跳了起来,摇晃着我的胳膊,惊呼道:"那么你也会来!"

"是的,"我说出了我的决定。这是我最终的决定,不过我还不太清楚自己是怎么做出这个决定的。我现在的精神状态大概可以算作是暂时性疯癫了。

"我们需要收集一些东西。"我对她说。

"凯尔文已经收集了不少,我今天也找了些种子,再加上其他几样东西。"

"你早就觉得我会同意?"我问她。

"不,真的没有。我们昨晚聊过以后,我就计划这样做了。我告诉过凯尔文,他可以把我准备的东西都带走。"

我起身离开座椅,朝驾驶室外走去,同时透过泛光灯的强光望向能量模块,"我想要从那里找几样小东西……"

天空中一道橙红色的光芒打断了我的思路。我看见一道闪电升起,飞到基地上空,骤然爆开,爆炸的轰鸣随即从远方传来。塔尔西站起身,和我一起来到车窗前。我们两个看着头顶上方的火球。片刻之后,无数呼啸声响起,紧接着就是炸弹果击中地面炸裂的声音。

不过这次落下的果实显然没有地震时那样多。应该说是完全无法和那次相比。我们站在一起,伸出手臂搂住对方,听着不时传来的奇异撞击声。

"太少了。"塔尔西说。

"这些树确实很大,"我对她说,"但它们又能生出多少果实?多快才能结出新果?"

塔尔西的头靠在我的肩膀上。我们头顶的树冠在燃烧。燃烧弹释放出的火焰形成了一个巨大的毁灭圆圈,金色的火花如雨点般落下,不等接近地面就烧成了灰烬。和我想象中流星雨的样子非常像。

"我们需要离开这里。"塔尔西伤心地说。

我由衷地表示同意。

第14章 晴空

凯尔文回来得很晚。从钟点上来说差不多已经是新的一天了。他看上去累坏了,身上全是无烟火药和硝烟的气味。但塔尔西把我们会一起走的消息告诉他,他立刻就有了精神,用力搂住我的肩膀,又惊又喜地嘟囔个不停,努力想要表达他的欣慰之情。

等他平静下来以后,我们一起坐在长椅上,仔细检查他收集的生存物资,又把塔尔西的种子和其他几样东西也加进去。我提供的唯一物品是一支破旧的手电筒。我在停电的时候用它来查看能量模块。当凯尔文将物资在我们之间进行分配的时候,我把它放进自己的小包里。分配物资的行动从某种角度上坚定了我们团结一致的决心。

总体而言,我们用来在野外求生的物资远比我们所希望的要少,但如果我们再多拿任何东西,负罪感都会压倒我们。只拿走这么点东西,留下来的人肯定不可能因此而责怪我们。

我们计划等泛光灯一熄灭就出发,但在紧张地等待了一个小时之后,那些灯仍然亮着。通常它们在每天最后的工作完成时就会被关掉。

"他们在干什么?"凯尔文在满是雾气的玻璃上擦出一个圆圈向外望去。

"也许他们是在担心我们。"我说。

"怎么可能有人会怀疑我们三个?"塔尔西问。

"并非只针对我们三个。我说的是所有人。希克森要知道大家会怎么做。蜜卡和彼得离开以后,他对所有人都有了怀疑。"

凯尔文哼了一声。"他们很快就需要给每一个工人都安排一名执法者了。我倒想看看那以后的时间表是什么样子。"

"我们应该昨晚就离开。"塔尔西说,"为什么彼得在离开之前什么都没有对我说?我们的关系很好,他至少应该向我道个别,或者有些什么表示——不过我觉得他倒不一定会邀请我们一起走。"

"我们也是出于同样的原因,才没有把我们的打算告诉其他人。"我说。

塔尔西咬住嘴唇,一扬眉毛。"我知道,你说得对。"

"所以,我们下一步的计划是怎样?"凯尔文从窗口转回身,"要我说,我们现在就走。我没看见有人站岗。该死的,今天大家都累坏了,无论是谁被命令站岗,肯定会晕过去!"

我也伸手擦去车窗玻璃上的一圈雾气——我的手掌用力摩擦着玻璃,发出尖锐的"吱吱"声。然后我朝外面望了一眼,又转向他们两个。"我们先溜出去,在阶梯上站几分钟,看看会不会有人来监视我们。现在还不算晚,如果我们只是站在外面,谁也管不着我们。"

"好计划。"凯尔文说,"我们开始行动的时候,先朝伺服模块走。那是进入黑暗最短的路。走出灯光以后,我们就能绕到蜜卡和彼得逃出去的围栏缺口那里。"

我们相互点了点头。我努力让自己显得和另外两个人一样镇定。

我有一点怀疑,他们是不是也在和我一样在强自克制心中的慌乱?

· ✦ ·

我们在拖拉机的阶梯上站了一段时间——感觉这段时间仿佛有永恒那么久——随后我领头走下了金属梯子。

脚刚一落地,我立刻钻到这台巨大的机器下面,藏在它的一只大轮胎的阴影里。塔尔西紧跟在我身后,轻得像一声叹息。她的一只手抓住了我的胳膊。凯尔文跳下最后两级台阶,立刻弯曲膝盖、伏低身子,就像一头准备扑击的野兽。我们三个迈开赤脚向伺服模块跑去。我很羡慕他们两个轻盈敏捷的动作。仔细想想,我很可能是我们三个之中最容易招来执法者注意的。

最初几百英尺距离最危险。我们周围全是开阔地,而且被灯光照得耀眼通明。我觉得我们的影子仿佛都想要告发我们。就在我们逃离从头顶上压下来的灯光时,这些黑色的叛徒也在我们脚边越拉越长,就像是要向远处的模块建筑伸出手,要冲上墙壁，穿过窗户。凯尔文一直在向我们挥手，我们伏低身子，尽量减少暴露的可能。

到达伺服模块以后，我觉得这场磨难一定是结束了。再向远处已经没有了灯光。我们可以先到达燃料模块的废墟那里，绕过被荒废的农场，然后走过堆积我们诞生那天火灾垃圾的地方。我们背靠在模块上，放缓呼吸，确认背上的背包都没问题，我们的求生物资都还在。

我的头贴在模块的窗户上，能听见里面机器思考的声音。那些服务器不停地发出"咔哒咔哒"和"呼呼"的声音。整座伺服模块充满了一种活跃的嗡鸣。凯尔文再一次悄声复述了我们的路线。我却完全没有听他说些什么。我沉浸在服务器的声音中，只听到了记录器带子转动时的震动和风扇的"嗡嗡"声。那听起来就像是某种脉搏和呼吸。

凯尔文点点头，看了一眼我们是否做好了准备。然后他离开墙壁，向燃料模块的废墟跑去。塔尔西跟在后面，我在最后。

我们距离燃料模块只有十来步的时候，电喇叭突然响了。刺耳的声音把我吓得差一点倒在地上。塔尔西和我全都停下脚步，回头向伺服模块望去，仿佛不知道该朝哪里跑。凯尔文向我们悄悄喊了一声。我陷入停滞的大脑终于被他急迫的声音战胜了。

我们又跑了起来。我把背包挪到身前，以免它被甩起来，影响我的平衡，随后我就集中精神拼命迈开双腿。我两次回头去看，却没发现有人追我们。这时我已经跟着塔尔西跑进了燃料库残骸的黑影里。现在这里只剩下了一座燃料罐。凯尔文在我们就要跑过去的时候抓住我们,让我们贴在这唯一的黄金圆柱体后面。

"还是原来的路线?"凯尔文问,"或者我们换条路?"

电喇叭的声音非常大。我们的声音如果太低,甚至会听不到彼此在说什么。现在我们要破坏一道本应该保护我们的围栏。那个因为我们逃跑而响起来的喇叭本来也是为了在危险出现时提醒我们而设置的。

塔尔西认为我们应该保持原先的路线。我们的确准备了一些破坏围栏的工具,但对于这件事,我们其实都没什么信心。

凯尔文又回头看了一眼那些模块建筑,骂了一句。塔尔西和我也向那里看去,发现有一些人跑了出来。在刺眼的灯光下,他们投在地上的影子一直伸出了几十尺长。

"他们刚刚被喇叭叫醒。"塔尔西说。

塔尔西是对的。这些人明显在到处乱跑,显得非常困惑,没有任何组织。不过我的心中涌起了一种急迫感,甚至可以说是慌乱。

"我们走。"凯尔文说完就向农场冲过去。塔尔西和我跟着他。我开始思考到底是谁看见我们,发出了警报?而他们为什么又没有喝令我们停下,或者向我们开枪示警?

我们距离农场还有一半路程的时候,我想到了,或者至少我认为自己是想到了。这时,被导弹引燃的树冠层有一根格外粗大的树枝燃烧着掉落下来,就像是天空中落下一束光,又爆开成雨点般的火花——如果奥利弗看见这番景象,一定会把它当成是某种神迹。我放慢脚步,抬起头看向天空中的那个小小的圆形缺口。在一圈依然缓慢燃烧的橙色灰烬中,依稀能看见一片最黑暗的夜空,点缀着一些不断闪烁的星星。

我相信那其中一定有人造卫星。

我的思路一下子清晰起来——在有人逃跑之后,清理树冠层的工作立刻就开始了。我又抬头看了一眼那些闪闪发亮的星星,就又向前跑去,结果一下子撞在塔尔西身上。她也停下脚步,眺望那片高远的天空,仿佛是在寻觅更多掉落的火花。

"真美。"她说。

我拽着她一起跑,一边向前方的黑暗中寻找凯尔文的影子。

塔尔西踉跄一下,抓住我的衣服。"我禁不住总想看看上面。"

"是的,"我喘息着说,"但问题是……我觉得天上一定也有东西看着我们。"

第 15 章 外面

我们穿过休耕的田地,逐渐靠近垃圾场。电喇叭安静下来。但我没有因此放松神经。追捕我们的人发出的叫喊声已经传遍了整个基地。他们组织起来了。我一边跑,一边朝身后瞥了一眼,担心有人会向我们开枪。工作灯光都熄灭了。片刻间,我怀疑这样做是不是为了更容易看到我们。但在叫嚷声和呼吼命令的声音中,我听到电流通过围栏时发出的"嗡嗡"声变大了。所有宝贵的能量都被输送到了围栏上——本来为了保护我们的东西现在更加凶狠地背叛了我们。

紧接着,我听到了拖拉机的咆哮,意识到我们睡觉的家要被用来猎捕我们了。

我们三个在垃圾场旁边停下脚步,喘了口气。塔尔西紧紧抓住我——我能感觉到她在发抖。自从离开培养槽以后,我们的身体状况都在恶化。睡眠和饮食的缺乏正缓慢地消耗着我们。即使我们能够逃脱这场追捕,不等我们走出围栏,能够以自己的力量建立起某种生活,我们珍贵的卡路里就已经被大量燃烧掉了。

一辆拖拉机愤怒地转动着轮子冲了过来。我们能看到它亮着灯的驾驶室经过那些模块建筑,正在向围栏缺口迅速逼近。

"我们要快点了。"塔尔西的喘息声显得格外吃力。

我们三个向蜜卡和彼得逃出去的围栏缺口跑去。现在我能看见两台拖拉机"隆隆"地吼叫着穿过空旷地。其中一台显然是冲着那个缺口来的。凯尔文加快了脚步。我们接近内壕沟的时候,他已经完全消失在黑暗里。更远处就是护堤,还有嗡嗡作响的高大围栏。

塔尔西和我吃力地爬下壕沟,又爬上护堤。才看见凯尔文正咒骂着翻检背包。护栏就在我们头顶上方发出险恶的"嗡嗡"声。我凑过去,想看看是什么耽误了凯尔文这么长时间。

围栏被修补好了。

缺口处焊上了新的横杠。我们都没有听说修补围栏的计划,工作时间表上也没有任何这样的安排。我们自己也带了绝缘切割钳和电线以备万一,但搜索队紧追在我们身后,我们应该没有多少时间了。我回头向基地看了一眼,发现拖拉机已经行驶过一半的距离,正恶狠狠地吼叫着朝我们扑来。

"我们要怎么办?"塔尔西问。

我想要提议沿着壕沟溜回到营地里,混进搜捕队中,装作从没有要逃跑的样子。就在这时,许多人影从黑暗中冒出来,沿着壕沟迅速向我们靠近。我知道,一切都太晚了……

***

"波特？塔尔西？"豪尔赫已经爬上护堤，正向我们跑过来。他眼睛里的恐惧表明他并非是抓人的看守，而是一名逃亡者。又有几个影子出现在壕沟里，更多的人正在向这个曾经的缺口聚集过来。

"把它割开！"我向凯尔文喊了一声。凯尔文已经在这么做了。我跑下护堤，帮助另外几个人爬上来，一边看着远处的拖拉机和徒步赶来的人们。几道光柱从那些人手中射出来。他们正开着手电筒进行搜索。

电喇叭再次响起来。我希望那是因为凯尔文割开了第一根横杠。又有三个人从我身边爬了过去。我回过头，看见一群惶恐不安、瑟瑟发抖的人正蜷缩在围栏旁，等待出去的通道被打开。但来抓我们的拖拉机和人抢在了前面。机器的头灯照亮了我们身前只有一百英尺的地面，而且这段距离还在迅速缩短。

我的双脚为我做出了下一个决定。它们带着我离开壕沟，径直向那对头灯冲过去——随后我的决心才追赶上了这双脚。让我发现自己正在跑向拖拉机和那些搜索前进的黑影。在围栏的"嗡嗡"声和马达的轰鸣中，我听到塔尔西在喊我，但就算是她的喊声也没有动摇我的决心。

一碰到拖拉机灯光的边缘，几声叫喊立刻在我前方响起。追捕逃犯的人因为终于找到了目标而兴奋起来。

我转向一旁，保持着和围栏平行的方向拼命奔跑，希望能够把那些灯光引开。

我也引来了枪弹。

一次响亮的爆炸声冲破了拖拉机的轰鸣。有什么东西带着尖利的哨音从我头顶掠过。和炸弹果的顺序正相反。

又是一次爆炸和尖啸。

我下意识地低下头,弯曲起双腿。又一声爆炸之后,我面前的泥土像喷泉一样跳了起来。我努力强迫自己不要减慢速度,心中想着移动的目标才更难被击中。当我接近到拖拉机照明的边缘,马上要回到黑暗中时,我听见了更多的喊声。是有人在给拖拉机指示方向。拖拉机的头灯转过来,继续照着我,也跟随我一起远离了围栏的缺口。

爆炸声连续响起,随后是更多的尖啸,成片的泥土在我周围四散飞溅。再这样下去,我的运气很快就要用光了。我又回身向壕沟跑去,最终拼命向壕沟一跳。拖拉机的灯光随即照亮了高大的围栏。我扑倒在壕沟边上,滚了进去。我的小背包里的物资被甩出来,飞得到处都是。我像个傻瓜一样想要抓住几样紧要的东西。我感觉手电筒滚落在身边,便伸手抓住了它。然后我又伸手去找其他东西。就在这时,奔跑的脚步声才让我重新想起了身后的危险。

我伏低身子向围栏的缺口跑去。但我怀疑自己争取到的这一点时间根本就不够凯尔文切开一根横杠的。就在我又要逃到拖拉机灯光边缘的时候,我听到身后传来喘气的声音。是执法者们正跳进壕沟里。又是一个爆炸声,然后我身侧的沟壁腾起一片泥土。我不知道自己是不是真的运气很好,还是他们只不过在吓唬我。我不知道在移动时举枪射击的难度有多大。

我已经不需要再躲藏了。于是我抬起头，这样能跑得更快。我看到第一台拖拉机正在壕沟边上倒车，缓慢地转过来要继续追我。第二台拖拉机则驶向了围栏缺口。追捕的人早就瞄准了最符合逻辑的逃跑地点——同样的想法让我们在那一晚聚到了一起。

又是一连串"砰砰"声从身后传来。我感觉有什么东西咬了我的大腿一下。我向前蹒跚了几步，觉得自己中枪了。不过子弹带来的疼痛似乎不像我以为的那样可怕。和我一同逃亡的人们出现在前方的黑影里。很快那里就被第二台拖拉机的灯光照亮了——那片光就如同我想象中没有被树荫过滤的阳光一样。

又一阵枪声伴随着清脆的金属撞击声。我注意到聚集在缺口处的逃亡者人数变少了。希望那是因为缺口被打开了。我用尽全力奔跑，肺叶因为过度用力而传来一阵阵灼痛。我又回头瞥了一眼执法者，看见他们的速度并没有加快多少。他们一定也和我一样喘不过气来了。

我跑到护堤上，跟跟跄跄地向其他逃亡者跑去。他们现在只剩下几个人了。我来到他们身后，催促他们赶快出去。我们周围的泥土不停地爆起一股又一股小喷泉。一颗子弹击中我们上方的围栏，发出响亮的金属撞击声。我眼前的几条腿很快就跑进了黑暗里。我向前倒下，趴在泥土中，只有双臂探出到缺口以外。我的周围全都是代表死亡的尖啸声。只要其中一个声音碰到我，我就会燃烧、冒烟、被烤熟，就像我的噩梦中那些掉下来的头颅，就像所有那些没能从培养槽模块活着走出来的同伴……

几双手抓住我。我甚至没有力气踢两下腿帮帮他们。他们直接把我拽了出去。我们全都滚落到另一边的壕沟里,在泥土中晕头转向,气喘吁吁。

不等我们评估眼前的状况,享受一下自由带来的小小激动,我们发现自己又开始奔跑了。我们害怕追兵还没有放弃,只能跌跌撞撞地逃进黑暗和危险的未知中,同时心中充满了一种奔向没有围栏的地平线的奇异感觉。

进入 未知

第二部
PART 2

INTO THE UNKOWN

第16章 老朋友

清晨到来了,熹微的阳光穿透茂密的树冠层,洒落在如同崖壁一般高高矗立的巨大树干上。我们这群人聚在一起,躺倒在树林中,头枕着彼此的身体。昨晚我们在黑暗中刚刚走了一个小时就已经筋疲力尽。有人想要开灯,但我因为害怕被发现而拒绝了他们。我们一共带出来三支手电筒,只是在我们冲出围栏的疯狂行动中,只有我的手电筒被保留了下来。

我坐起身,注意到另外几个人比我醒得更早。凯尔文、文森特、布丽妮正一起坐在十几步以外——其中最后那位女孩我还几乎不怎么认识。因为不想吵醒我们,他们说话的声音很低。我从塔尔西的怀抱中退出来,试着站起身,却感觉到大腿后面一阵刺痛。我一瘸一拐地离开其他还在睡觉的人,向凯尔文走去,却在中途就倒了下去。

"你还好吗?"凯尔文来到我身边悄声问。

"我昨晚可能挨了一枪。"我告诉他,"但我把这件事完全忘了。之前伤口还没有那么疼。"

"翻过身来。"凯尔文依然压抑着声音,却还是因为忧虑而提高了音量。

我面朝下趴伏到生满青苔的地上，看到文森特和布丽妮向我投来困惑的眼神。我向他们挥挥手，算是和他们打招呼，也是为了缓解一下尴尬的气氛——这时凯尔文正脱下我的裤子，为我检查伤口。他们两个也向我挥了挥手。不过这个再普通不过的动作却让我感到有些好笑。我们这些处于成功和流产之间的家伙，从我们的同胞那里逃出来，辜负了这颗行星的殖民者，在这颗未经开发的行星上，带着腼腆的笑容彼此招手，想要看看都有谁参与了这次叛逃，有谁终于受不了原先的生活，冒险把它抛弃了。

"唔。"我咕哝了一声。凯尔文找到我的伤口，用手碰了碰它，将一样东西拿到我的眼前。

"一块石头。"他让我能清楚地看到那块染血的石头，"差不多只是一道划伤。"

我翻过身，重新穿好裤子。凯尔文帮我站起身。那道伤口感觉上可要比划伤严重多了。我跛着一只脚来到其他人身边，他们挪动位置，让我加入到其中。

"感觉不像是划伤。"我对凯尔文说。我很享受这种被他搀扶和保护的感觉。

"也许还有一点擦伤。"他说，"不过相信我，你的小细腿不会有事的。"

我翻翻眼珠。

"你好，波特。"文森特在我坐下时说道。

我微笑着向他们两个问好。"那么,我们这些被剥夺公民权的人应该相互熟悉一下了。"

"是的,我相信还会有更多的人逃出来。"布丽妮皱起眉说。

我看向凯尔文。"说到这个,我们需要找到蜜卡和彼得,不能让他们孤身待在这里。"我又回头看了一眼,"怎么样?我们有差不多十个人?"

"也许这将彻底改变基地的情况,"文森特说,"走了这么多人,另外执法者的数量至少也要增加几个。项目时间表根本就不可能完成。"

"继续待在营地的人状况很可能会更糟。"我说。

"怎么更糟?"布丽妮问。

"有很多种可能。人们的活动空间可能会被缩小。既然农场已经被废弃,燃料库也可以拆掉,那些执法者就有足够的材料搭建两个更小的围栏。或者他们可能会每晚把大家锁进几个模块里。如果我能想到这些,我相信希克森一定能想出一些更可怕的办法。"

"我觉得做决定的应该不只是希克森。"文森特说,"我觉得他只是殖民的肌肉。"

凯尔文摇摇头。"没办法,史蒂文斯死后,一切都在变坏。"

"我不相信是希克森杀了史蒂文斯。"文森特说。

"现在我们还是担心一下自己吧。"布丽妮说,"和今后几个星期相比,我们前几个星期的日子大概会像还在培养槽时一样好了。"

"殖民预报过今晚有雨。我从迈拉那里听说的。"

有人从背后捏了一下我的肩膀。我转过头,看见塔尔西坐到我身边。她把头靠在我的肩膀上,我恰好抬头瞥了一眼,看见了凯尔文苦涩的神情。不过他很快就把那点情绪从脸上抹掉了。

"睡得怎么样?"我问她。

"做噩梦了。不过其他的……还好。你呢?"

"他女孩一样的小细腿上破了个口子。"凯尔文微笑着说。

"疼么?"

我耸耸肩。"没什么。"

凯尔文又笑着说:"一分钟之前你可不是这样说的。"

我瞪了他一眼。他的嘴咧得更大了,同时投降一样地举起了双手。

布丽妮站起身,将双手插在腰上。"你们男孩说完蠢话以后,我们需要做一些决定。我们再走多远以后开始挖洞?我们每个人在离开之前应该都拿了一两样东西,所以我们该如何分配这些物品?或者我们需要分配物品吗?"

塔尔西、凯尔文和我彼此看了一眼。我们根本没有这方面的计划。我们三个是一家人,所以东西属于谁对我们而言不是问题。现在我们这些人需要彼此,需要相互支持,但想到我们又要从属于另一个新的群体,这让我感到有些不安。也许有一天,这个群体也会有一个建造火箭一样的目标。我能看到同样的忧虑出现在我朋友的脸上。

"我们是一伙儿的,不是吗?"布丽妮问。

我们在沉默中坐了片刻。

然后,我们彼此交换着眼神,微微点点头。我听到身后有声音,就转回头,看到又有一些人走过来,还有一些人刚刚起来,正在伸懒腰,或者冲昨晚的导弹炸出的那一片天空指指点点。

"情况很快就要复杂起来了。"我嘟囔了一句。

"不,不复杂。"豪尔赫在我身后说,"我可以让事情变得很简单。我带了一把枪。"我转身看着他。他伸手到背后,又把手抽回来,用两根手指头瞄准我们,然后大笑了起来。

终于,我们这群人集合在一起。

我完全看不出豪尔赫的话有什么幽默的地方。

·✦·

大家把身上的东西集中到一起以后,一个简单的暂时性共识就达成了。我们决定,先到距离我们最近的大树那里去看看,确定一下它们会不会真的只是外星植物。这几个星期里,我们之中不止一个人一直在对这些巨大的植物感到好奇,想要靠近它们仔细观察一番。它们和我们在训练程序中见到的树完全不同,让我们感到异常陌生,尽管除了它们以外,我们从没有真的见过其他任何植物。

从殖民基地中望过去,它们形成了一片没有尽头的森林。一片片表面粗糙不平的树皮崖壁将营地围绕在其中。每一根树干的宽度都足以和我们整座营地的直径相比。透过相邻的树干间隙,也只能看到远处阴影中更多的巨型树干。层层叠叠的大树封锁住了外面的一切,创造出一种牢不可破的景观。现在我们更加靠近这些大树,它们也显得更加宽阔,树干表面也更平坦。应该是圆柱形的树干在我们眼前却看不到一点曲率。

我们开始向距离最近的一棵大树走去。根据我们的猜测,蜜卡和彼得应该也是这样做的。我们可以在树干木墙旁边建造庇护所,把我们各种各样的帆布片拼起来遮挡雨水,也许还能使用我们带出来的砍刀从树干上取得建筑材料。

虽然腿筋还是在一阵阵作痛,这趟旅程却依然令我感到愉快。昨天夜里,我们终于发现我们的行星表面并非只有泥土和泥浆——在殖民地围栏里,我们只能看到这些。殖民AI在基地以及周围一百码甚至更大范围内为我们准备的每一寸土地都经过了推土机和各种大型机械持续不断的碾压。

现在我们终于走出了殖民AI的势力范围,能够看看我们的家园真正是什么样子:这里大部分都被苔藓所覆盖,树冠层下面还有好几种不同的草木覆盖着地面。其中一些相当柔软,另一些则很坚韧,不过都好过在过去几个星期里给我们的脚底磨出茧子的硬土地面。我们很快就发现,褐色和黑绿色的苔藓是最坚硬粗糙的。我们只挑选最柔软的小径,所以我们的前进路线一直在左右摇摆。

我们也很快就发现了,炸弹果并没有进化出发生撞击就会爆炸的能力。在基地以外,它们就像石头一样散布在地上,半埋在土中,尖端从苔藓里露出来,看上去就像是巨人用拇指将种子半摁进大地里。但看上去它们都没有发芽。阳光的缺乏似乎对它们发育成树木非常不利。

凯尔文接受过农夫的训练,是我们这群人中最接近于植物学家的人。他似乎对这些种子很着迷。我们其余人也很高兴,现在我们有信心不会饿死了,至少不会比在营地中饿死得更快。

在去那棵树的路上,唯一还让我们感到好奇的就是一处奇怪的地质构造:覆盖地面的苔藓中藏着一个几乎是完美正圆形的洞口,大到足以吞掉一台拖拉机。我们选择的路线让我们差一点就掉了进去。我们站在洞口,朝里面观望了一番。这个洞似乎是垂直向下的。我的手电筒完全照不到洞底。卡尔是一名电气师,曾经分别完成过一些火箭建造和载荷舱建造的工作。他将一颗炸弹果抛到洞口的正中心。我们静静地等待着,直到听见一次遥远的撞击声,不由得为这个地洞的深度感到惊叹。

我们离开这个大洞,打定主意绝不会再在黑夜里乱跑了。塔尔西很快又发现了一个这样的大洞,让我们知道了在这里走路需要多么小心。没有人提起蜜卡和彼得会不会再也找不到了。不过我相信存在这种担心的不可能只有我一个人。

又用了半天时间,我们才到达那棵大树前。我们每前进两步,那棵树仿佛都会后退一步。它的根部要比我们想象的更加巨大。当我们为之而感到惊叹的时候,凯尔文想起他曾经听清理树冠层的团队说过,他们将昨夜发射的导弹高度调整到了两千英尺。很难想象一个生物能够拥有如此巨大的体型,但现实的证据就矗立在我们眼前。

我们在距离大树几百英尺的地方停下脚步,用生炸弹果和有人带出来的一点香料做了午餐。客观地说,它不如我们平时吃的糊糊可口,不过我们都同意,这种新奇的混合让这顿饭不知为何显得更令人愉悦。或者也许只是因为我们终于能够自己选择食物和吃饭的时间了。

又有几个人开始谈论殖民营地,猜测留在那里的人除了咬牙切齿地恨我们以外还在做些什么。那些熟知时间表的人能够精确地说出每个团队现在应该做什么,甚至是我们之中的一些人应该做什么。我面对远方的营地坐下。越过护堤,我还能依稀看见那些模块建筑的顶端。一束阳光从树冠层刚刚被打开的空洞中倾泻下来,照亮了那些我们再也不会用到的东西。它们看上去都是那样小,那样不真实。这么一点人类怎么能以为自己可以驯服一整颗行星?那我们这一小群人又算是什么?一点残渣中掉出的碎屑?

饭吃到一半的时候,一连串的急促爆炸声从殖民基地的方向传来。就算没有护堤和围栏,我们也不可能看得见那里的人们正在做些什么。于是我们只能胡思乱想。

"是推进剂被引燃了?"

"有人在搞破坏。"听豪尔赫的口气,他几乎有些巴不得是这样。

"那是个警告。"

大腿后侧突然传来的一阵剧痛让我想到了答案:

"他们在练习打靶。"我说。

我们陷入了沉默。那阵爆炸声很快也停了下来。我们彼此对视。片刻之后，爆炸声再次响起。那些能够背出两个星期的工作计划的人嘟囔起来，低声抱怨他们曾经多么辛苦地准备那些弹药。

总体而言，我们从没有在这样怪异的感觉中吃过一顿饭。从很多方面来看，这要比我们在诞生后第一次吃早餐时更奇怪。那时我们所有人的心中都充满了沮丧和绝望，没有给其他情绪留下任何空间。而这顿饭则散发着一种意外的同志友情，我们有三个不同的小组在同一个晚上一起逃了出来——同样是沿着蜜卡和彼得的脚步。吃饭的时候，凯尔文承认我们三个在前一天就已经梦想要逃走了。包括文森特和布丽妮在内的另外四个人甚至在执法队还没有组建的时候就讨论过这件事。

作为一名受过一半训练的心理学家，我对这支团队如何能这样迅速地融为一体格外感兴趣。当我和每个人交谈、开玩笑的时候，我对于分享资源的许多忧虑就都消失于无形了。只是一个上午的时间，一些人的名字和面孔已经被我所熟悉，成为了我的部落的一部分。对于他们，我从警惕变成心甘情愿为他们冒险。不只是像昨晚那样。那时我主要还是为了凯尔文和塔尔西。而现在，我愿意为了他们之中的任何一个人承受危险。无论是什么导致了这种魔法般的变化，我在人类行为学的学习中肯定还没有遇到相关的课程。

我们尽可能多吃了一些味道糟糕的果肉，又分享了我们带出来的一些饮用水，然后像一支团队一样朝大树走去。这个巨大的有机体仿佛在向我们打招呼——或者有可能是要给我们一个警告——一颗炸弹果呼啸着从树冠层落下,"咚"的一声落进了不远处一片浅绿色的苔藓中。我们都笑着绕过了这颗碰巧落下的果实,仿佛它里面仍然有某种可以爆炸的能量。随后我们就分散开,开始对这棵山一样的植物进行调查。

"它是软的!"萨姆森说。

我们的两把砍刀就是他和另外一个男孩带出来的。我看见他将刀刃在粗糙的树皮边缘磨了一下,就轻松地剥下了一块树皮。

也许这棵树的树皮很软,不过它的表面非常粗糙,比从远处看的时候要粗糙得多。而且凹凸不平的树皮之间存在很有规律的宽阔裂隙。一个人可以直接走进这种裂隙中,被凉爽的褐色木质从三面包裹起来。它让我想起了机械齿轮。如果从上向下看,我们很可能会看到树皮形成的凸齿均匀分布在圆形的树干切面边缘。

我们不止一个人走进树皮裂隙,感觉就像是进入了没有顶的洞穴。我一直走到一个裂隙深处,抬头向上看,一下子被这道裂隙蜿蜒消失在树冠层中的景象迷住了。它不再像是一座洞穴,而是像一条方形的垂直沟渠,沿着树干一直向上,两侧边缘仿佛在远方汇聚到了一起。

我将脊背靠在裂隙的一侧,双手抵住另一侧树皮,猜想着一个身量更高的人能不能用这种方式一直爬到树枝和树叶中间。不过这一定需要极强的耐力。

"给我果——子。"有人在拉长声音叫喊。这种利用树皮隧道传声的游戏让我们全都笑了起来。我从自己所在的裂隙中走出来,想象我们依靠这棵大树建造起一个小村子。我们全都有独立的房间,又能相互连通。我们可以挖掉一些苔藓,种上我们的地球种子,看看它们依靠透过树冠层的阳光能不能生长,还可以把防水布聚集起来收集雨水。我又后退一步,抬头看这棵大树,想象我们都能如何利用它。

塔尔西来到我身后,用双臂环抱住我的腰。我转过身,满心喜悦地和她拥抱在一起。这时我看到凯尔文从大树旁走开,目光不断瞥向我们。早些时候的那种苦涩表情又出现在他的脸上。我挥手示意他过来。他有些不情愿地加入了我们的拥抱。

"我会想念我们的拖拉机。"他说。

"哪怕晚上要睡在地上?"塔尔西问。

"哪怕是那样。"

"我希望奥利弗能和我们在一起。"我一边对他们说,一边松开他们,转身朝基地的方向望去。

"是的,"凯尔文说,"真想知道他……"

"嗨!看看这个!"文森特从大树前退开,伸手一指。这时他距离我们差不多有五十英尺。我们全都跑过去看他发现了什么。

"这是你刻的?"萨姆森用手里的砍刀指着一道凸出的树皮问。

"用什么刻?"文森特耸耸肩,摊开自己空着的两只手。

我推开人群走到前面。蕾拉正站在大树旁,用双手摩挲着树皮。

树上雕刻着一个箭头。刻痕一直深入树干。

箭头是向上指的。

第17章　坡度

"这都不是你们刻的?"蕾拉问。

"我们该怎样到上面去?"有人问道。

"为什么要到上面去?"凯尔文反问,"我可不想上去。如果是蜜卡或者彼得刻的,那就让他们下来,加入我们。"

"我不喜欢待在大树的这一边。"文森特说,"如果我们真的想要在这里长期生存下去,我们就不应该在距离那些被我们抛弃的人这么近的地方建设营地。"

"我同意,"布丽妮说,"我们应该绕到大树的另一边扎营。也许我们还应该走得更远些。我们知道,在这些大树的另一边有开阔地面。"

"不可能,"豪尔赫说,"如果附近真的有开阔地,殖民AI就不需要费那么大力气去炸开树冠层了。实际上,哪怕是在这个温度带上有一片真正的开阔地,我都会感到惊讶。殖民AI会为基地选择最合适的位置。那应该是它的首要工作。"

"你是接受什么训练的?"我问豪尔赫。

"我是一名矿工,但我和你一样聪明。"

"喔,"我举起双手,"只是好奇问问。"

他摇摇头,将目光转向一旁,我决定从此以后在他身边都要小心一些。

"大伙儿听我说,我找到上去的路了。"

我们全都转过身,朝明迪看过去。她站在数步以外,一只手按在凸出的树皮上。我们又在好奇心的驱使下向她走去。

"天哪。"一个人抬起头向上望去。

这是一条螺旋形的隧道,沿着树干一直向上盘绕。它的角度不算很陡。如同被雕刻出的倾斜坡道隐藏在齿轮状的树皮凸出后面,只是在树皮之间的裂隙中才会暴露出一段。凯尔文走进两条树皮凸出之间,伸手摸了摸露出来的木芯。

"这是某种东西制造出来的。"萨姆森说。

"不会吧!"

"我是说,比如,把它咬成了这样。"

"他说的对。"凯尔文说着把头探进这条切面为圆形的隧道内部,向上望了望。"不知道它向上延伸了多远?"

"你不会想要爬上去吧,你是这么想的?"

"也许我们应该上去看看。"文森特说。

"要我说,还是别上去为好。"明迪说。

"那个箭头又是怎么回事?"

"也许是蜜卡和彼得给我们留下的。"

"是吗? 那为什么他们认为会有人逃出来加入他们?"明迪问,"他们这样做很可能不会帮助我们找到他们,而是引来希克森把他们杀掉。"

"明迪说的有道理。"

"这条路在朝那边向下延伸。"凯尔文沿着隧道朝我们过来的方向望去,"我相信它是从箭头那里开始的。"

文森特跑回去,站到了箭头符号那里的树干隧道上。"的确是,我还是觉得我们应该上去看看。"

塔尔西转向明迪。"这一定有某种生物学的基础。我是说,我们之间的区别。男孩子们都想要上去,而女孩们只想绕到树后面建立营地。"

我什么都没有说,心中却在思索,为什么我自己会有女孩儿们的想法。也许是因为我接受的训练对风险有更多认知。

"也许这棵树上被挖了各种各样的通道。"我们听到文森特在说话。他的声音有些模糊。他从凯尔文站立的地方探出头来,显然他是从箭头那里走过来的。"也许这里会有各种很棒的洞穴能让我们居住。那样我们就不必自己费力气挖树了。"

"嘿,天才,啃出这些大洞的家伙也许还在附近。你以为它们会放任我们在这里乱窜吗?"

"也许它们的味道也不错。"有人说出这么一句话,让我们全都陷入了沉默。我看到这个想法开始在人群中蔓延,大家都开始舔起了嘴唇。

"肉。"一个男孩说。

"你们根本就没吃过肉。"蕾拉指出来。

"是的,但我知道它很好吃。"豪尔赫说,"它是最好的食物。"

"你才是最好的食物。"布丽妮的话让不少人笑了起来。

"我们来投票吧。"凯尔文的目光扫过人群。

"不公平。"塔尔西说,"你们有六个,我们却只有四个。"

"如果我们两件事都做呢?"我希望能够掩饰自己的懦弱性格,或者能伪装出一副大男子主义的样子,尽管我根本就不具备这种心性。"不如我们之中一部分人设立营地,把火生起来,搭建挡雨的棚子。同时派遣一支搜索队上去看看。如果蜜卡和彼得在这里。也许我们还能找到他们。"

"听起来很不错。"文森特说道。我抬起头,顺着他的声音望去,看到他已经到了很高的地方,正从两道树皮凸出之间伸出手。

"我不喜欢分开。"塔尔西直视着我说。

"我留下来帮助建立营地。"我耸耸肩,仿佛我同样想要到树上去,不过并不介意为了她而留下来。

塔尔西露出微笑。我又看了一眼大树,却发现凯尔文正怒气冲冲地瞪着我们。不过他很快又将自己的情绪藏起来了。

"你们可以带上手电筒。"我对他说,"以免你们回来之前天已经黑了。"

他点点头,也勉强露出一个微笑。我意识到我非常需要和他谈一谈,却不知道什么时候能找到这样的时机。

◆

在男孩们出发之前,我们全都把背包里的东西掏出来,在苔藓上重新分配我们微薄的物资。超过半数的水都分给了到树上去的人。我们保留了防水布、大部分绳子、一把砍刀和所有居家用具。搜索队带上了为数不多的药品和几颗炸弹果。我们要求他们无论爬到多高,到黄昏时就要向下走。但文森特和凯尔文还是坚持认为他们可以在坡道上宿营——就在一道树皮后面,然后等到第二天再下来。

其他男孩听到这个想法以后都很兴奋。我们也不得不软化了态度。当我们还是坚决要求,如果他们发现了任何重要的东西,或者找到通向树干内部的路径,他们就要向下喊我们,或者派人下来给我们送信。

我们相互拥抱,祝彼此好运。作为唯一没有加入到搜索队的男性,我感到有些尴尬和惹眼,不过其他男孩上去之后,我们剩下的五个人立刻就开始了工作。我们都感觉树皮后面的这条隧道为我们提供了理想的休息场所,所以我们首先集中精力清理地面,做出了一个火坑,采集树皮作为燃料,并收集炸弹果。

明迪和塔尔西曾经一同在辅助团队工作,知道如何把没有裂开的果实劈成两半。这样两半果皮就能够被当作碗来用。她们还从果肉中剔出软金颗粒。布丽妮和我把它们做成了餐具——我们从突出在苔藓外面的石块中挑出一块适合做铲子的,又挖出一些小石块,用它们把黄金颗粒敲打成勺子和可以进行搅拌的工具。

我们用手和石头挖出火坑,在坑里密密实实地铺上一层石块。从炸弹果中取出的纤维被晾晒干燥。我们又轮流用砍刀剥下树皮作为木柴——这项工作应该算是有些艰辛了。我们很快就发现,剥树皮最好的办法是一只手握住刀柄,另一只手垫着满把青苔握住刀背,在凸出的树皮上向下推动砍刀。树皮就会一条条地被切下来。这仍然需要费很大的力气,但我们都在努力承担自己的一份工作。我们还达成一致,不能浪费燃料,随意生火。我们要等到天黑的时候再把火生起来,在入睡之前享受它的温暖。

一个下午在勤勉的工作中很快就过去了。我们用闲聊来彼此熟悉,缓解劳动的辛苦。我发现自己第一次谈论起出生以前的经历,另外几个人也聊起了这方面的事情。我们都在一个虚拟世界中生活了很久,而且我们每个人的世界对于其他人而言都是完全未知的。曾经被我们当作全部人生的职业训练在开始建设殖民地的时候却没有任何用处,直到现在,我们才开始分享这些知识。

可悲的是,我们这小团体学习到的知识对于在一颗遥远行星上建立一个农业文明似乎也没有多少意义。不过大家都很为彼此的学识而着迷,并且这种交流对于我们理解彼此性格和人生观的差异很有帮助。教师不会以裁缝的眼光看待世界,反之亦然。

随着太阳落下,我们终于生起了火。随后我们就躺在苔藓垫子上,头枕着彼此的肚子,乱七八糟睡成一团。这让我想起昨天晚上的情景。我们就这样挤在一起,猜测着男孩子们遇到了什么。我们还讨论了想要让谁传送出营地,加入到我们中间

——如果真能这样做的话。我们甚至又议论了一番当前的火箭时间表。毕竟那是我们共同出力建设的项目。它不会那样轻易离开我们,就像我们离开它一样。

那个夜晚似乎很简单。我们一小群人躺在苔藓中度过了它,聆听着彼此的声音,也发出我们自己的声音。然而,到现在为止,我醒来之后在我们这颗无名行星上度过的全部人生中,这是最美好,最正常的一个夜晚。

我希望还会有更多这样的夜晚。

第18章　肉

一个美好的黄昏很快就变成了一场充满困扰的睡眠。我们躺在这个不知被什么生物啃出来的隧道中，努力想让自己舒服一些。但事实证明这几乎是不可能的。我们只能直接躺在坚硬的木头上——潮湿的帆布已经变得太滑，躺在上面睡觉会让我们朝脚下滑过去。最后，我们又回到火坑旁的柔软苔藓上，享受着还在发光的炭灰带来的温暖。

但这时又开始下雨了。雨很大，就像我们出生的那天一样。我们回到树干里度过了夜晚剩下的时间，尽力让自己舒服一些，但始终都不算成功。我们又聊了许多男孩们现在会遇到什么，责备他们不应该跑去探索什么未知的环境，毕竟我们首先应该经营好现在的生活，然后才有未来可言。

尽管一整晚都在辗转反侧、低声聊天和抱怨，我在第二天早上却发现自己醒了过来，看到阳光让留在苔藓上的雨水闪闪发亮。既然是醒过来了，就说明我一定睡着了。而雨水意味着我们有新鲜的水可以和早餐一起享用了。

我走出隧道，伸展了一下酸痛的脊背。布丽妮比我起得更早,正在将防水布集雨兜收集到的雨水灌进水囊里。那些防水帆布被我们铺在用手挖出来的浅坑中,边缘已经长出了成堆的苔藓。

"早上好。"我说着抓起我用帆布缝合并辅以胶水的水囊,用勺子把集雨兜里的水盛入其中。

"你睡着了吗?"布丽妮问。

"最后还是睡了一会儿吧。你呢?"

她摇摇头。我转过身,朝瓦楞形状的树皮形成的崖壁上方望去,心中想着那些男孩向上走了多远,是不是已经在回来的路上了。

"昨晚你听到喇叭声了吗?"布丽妮又问我。

"电喇叭?从基地那边?"

她点点头。"就在太阳快升起来的时候。差不多只有十五分钟。"

"我一定是睡着了。"我喝了一口水,把这口水含在嘴里,让身体慢慢吸收它。片刻之后,我咽下嘴里剩余的水,用袖子擦擦嘴,朝远处那条模糊的黑线望了一眼——那道高耸的围栏几乎还无法被看清。"我们是不是应该悄悄靠近过去调查一下?"

布丽妮耸耸肩。"我也在想同样的事。"她噘起下嘴唇,额头也出现了几道皱纹。她的深色皮肤和黑亮的头发让她看上去既可爱又危险。我发现自己对她还没有真正熟悉起来,就已经开始喜欢她了。

似乎是经过了片刻的认真思考,她摇摇头,又拿起一只水囊,开始往里面舀雨水。

"怎么样?"我问她。

"什么怎么样?"

"你刚刚在想什么?"

"哦,我只是在想我们是不是应该回去,看看是不是有人逃出来了。然后我又在想,为什么会有人一大早逃出基地?他们会不会找到我们?希克森会不会派人出来找我们?然后我……"

我走到雨水收集兜的另一边,从她手中接过盛满的水囊,将水囊口叠好扎紧,"你什么?"

"我在想,离开基地会不会是个错误。"她回答说,"也许我只是一时冲动,也许我只需要休息一天,然后我就会好起来。这……我知道这听起来很奇怪,但我有时候的确喜欢工作。而且你知道吗?我想要看到火箭飞上天。我只是不想生活在恐惧中。现在我却在怀疑,我们会不会生活在另一种恐惧中?如果我们真的只能永远在这里生活下去,而基地中的人们却把一切都搞好了,那又该怎么办?那里还要多久才能发生冲突?"

我伸出一只胳膊搂住她。我们一起跪在雨水收集兜旁边。她把头歪过来,靠在我的肩膀上。

"如果你有疑虑,就想一想那些让你想要逃出来的事。"我对她说,"我就是这么做的。我们在基地里的确度过了一些好时光,但那些也只是因为其他时候实在都是一堆垃圾。"

布丽妮笑着摸了摸脸颊。"是的,没错。也许我们要等到这里发生了一些真正糟糕的事情,才会知道为那些不那么糟的事情感到庆幸。"

"别说这种话。"我从雨水收集兜上抬起头,又向大树望过去。透过一道树皮间的裂隙,我能看见有几个还在睡觉的人有了动静。塔尔西坐起了身,正面带微笑地看着我们两个。

◆

至今为止,我们在这颗陌生的行星上已经度过了不少严酷的日子——出生之后的基地建设,为了火箭项目一天工作十八个小时,疲惫却又无法安眠的夜晚——但没有任何一天像等待男孩们回来的这一天这么漫长。我们只能等待,什么都做不了。

有几次,我们开始抱怨如果那些男孩不去爬树,就能组织一支侦察队,只要两三个人就好。他们能够回到围栏的缺口处,看看昨晚喇叭为什么会响——现在他们应该已经带着侦察结果回来了。午饭以后——我们吃午饭的时候,远处的基地中又传来了打靶练习的枪声——我们越来越担心男孩们能不能在天黑的时候回来。到吃完饭的时候,这已经成为了我们唯一的话题。随着天越来越黑,我们都躺在了篝火旁厚实的苔藓上,彼此靠在一起。我们像昨晚一样很难入睡。但这次的原因却有所不同。

塔尔西和我头挨在一起——她的头枕在我的胳膊上。我们全都在努力让对方相信,凯尔文平安无事。那个晚上的大部分时间,我们都是这样度过的——窃窃私语、忐忑不安,还有人悄悄去远处小便。就算是透过远方那片刚刚被清除掉的树冠层洒下来的微弱星光也无法让我感到安慰。我又一次开始担心自己无法入睡，不过这次我还是在天亮时发现自己睡着了。

·◆·

轻微的说话声和笑声悄悄钻进我的梦里。我猛然惊醒，把塔尔西也扶起来——她一直睡在我的肚子上。我们两个都朝话音传来的方向看过去。我有些害怕那是基地派来抓我们的人。不过那些声音似乎是从大树上发出来的。

我俯身为塔尔西梳理好头发，吻了一下她的前额，告诉她我马上就回来。

然后我向大树跑去。我的行动似乎引起了几个女孩的注意。而大树上传来的声音这时更加清晰了。我冲进螺旋隧道，快步向上。我的双脚牢牢抓住粗糙的木质树干，腿筋的疼痛也仿佛完全不存在了。

隧道的曲率很小，几乎是平直的，但存在一定坡度，所以我首先看见的只有他们的脚和没有任何特征的裤子，一时还分不清他们是谁。我觉得我听见了凯尔文的声音，便一边飞跑，一边尽力想要将他嘹亮的嗓音从其他人中间分辨出来。

我首先看到的是文森特。他一看到我跑上去，就微笑着摇摇头，仿佛在替我惋惜，因为我错过了非常精彩的事情。我快步和他擦身而过，热情地拍了拍他的后背。第二个下来的就是凯尔文。他一看到我，脸上立刻绽放出了光彩。

"怎么去了这么久？"我转过身和凯尔文一起向下走。圆形的隧道足够让我们并肩而行,只要我们都不介意两只脚踩到的地面有一点高度差。

"我们第一天就已经接近树顶了。"凯尔文说,"早上的时候,我们决定继续向上。一会儿你就知道我们发现了什么。"

"蜜卡和彼得?"

"严格来说不是。"他抬起手捏了捏我的肩膀。"不过他们肯定走过这条路。"

"那是什么?"我继续问。

"开出这条路的生物。"他用手拍了拍隧道。

我们听到前方传来叫喊声。女孩们已经见到文森特了。凯尔文和我加快脚步,随后又直接从树皮空隙间跳了出去——这里已经足够接近地面。塔尔西跳起来,抱住了凯尔文的脖子。凯尔文转动身体,轻盈的女孩一下子被甩了起来。塔尔西被放下以后,又用力拍了一下他的手臂,责备他让我们担心了一整天。凯尔文则习惯性地大笑起来。

"我们需要火。"凯尔文说。

离开隧道之后,在一点点亮起的晨光中,我注意到凯尔文的脸变成了明亮的粉红色——尤其是他的鼻子。在他身后,萨姆森从大树上跳下来,女孩们都扑上去和他拥抱。

我开始生火,用果皮和树皮搭出一个漂亮的金字塔。当我用砍刀的刀背轻敲镁块的时候,有三段不同的对话飘进了我的耳朵。男孩们全都在尽力回答女孩无休无止的提问。

被问起爬树的过程时,我听到他们不止一次说那是一场"折磨"。说到他们的发现,男孩们又全都说"值得"。他们不止一次强调说我们很快就会见到一个大惊喜——也正是因为如此,豪尔赫和卡尔迟些才能下来。

火花冒起来以后,我俯身将火苗吹旺,然后在金字塔的开口处铺上几块薄树皮,把它封好。塔尔西去隧道里为我取来木柴——因为担心下雨,我们把柴存放在那里。我把碎柴整理了一下,将一些小块的树皮摆在越来越旺的火苗周围。我不确定凯尔文想要用火做什么。现在天气已经很暖和了。不过他们刚刚辛苦地爬到了大树顶上。我至少应该多砍些柴。

我从一块树皮的角上砍下几根比较粗大的木柴——先从上面和下面分别砍几刀,然后再用刀刃把大块树皮撬下来。凯尔文摆脱了火堆旁缠着他的女孩子们,向我走过来。塔尔西跟在他身旁。

"需要帮忙么?"他问我。

"你在开玩笑? 你们刚刚那么辛苦才回来。"我再次挥起砍刀,想要表现得更帅气一些。

"下来就很容易了。"他说,"我们一路上都在开玩笑,还在树顶上看了风景。"

"景色怎么样?"

"前一天晚上的确是糟透了,一直在下雨。昨天就美得令人难以置信。云层都被吹走了,整片天空蓝得就像我们在树冠层上炸出的那个洞。只不过你能看到的也只有这个了。从这里向周围看,全都是亮蓝色。你可以在树顶上转上一圈,但树冠层非常密,把地上的一切都遮住了。还有……说实话,我真希望你们两个亲眼看看。"

我笑着摇摇头,又朝树皮下方砍了一刀。"我会记住你的话。不过我觉得我应该不会喜欢爬到那么高的地方去。"

凯尔文过来帮我把松动的树皮撬下来——这根树皮差不多和我的胳膊一样大小。"胡说,"他说道,"这趟旅程真的很不坏。"

"你说它很'折磨'人。"

"那是因为我一开始不知道它有多么值得。该死,波特,去看看吧。"

"也许等收成了之后吧。"我将脚边的柴棍踢开,准备再砍一根柴下来。

"收成?我们还要走很远才能清理出一片地方,把种子种下去。"

"确实。"我向树皮挥下砍刀,刀刃发出轻微的风声,"蜜卡和彼得怎么样了?"

"我们在树顶上找到了另一处刻痕。那肯定是他们留下的。那个箭头指向了远离基地的树冠,但我们怎么也没有看到他们的影子。"

"树冠层延伸出去多远?"塔尔西问。

"西边有一道山脊,看上去很陡峭,而且山顶有积雪。一定是水汽被那些山挡住,才会在这里下大雨。"

我放下砍刀,回忆了一下凯尔文教过我们的关于雨云的知识——但我没能想起来。在撬下又一根木柴的时候,我看见萨姆森又将两根小柴放进火里。我知道我的进度落后了。

"西边是远离基地的方向。"我想了一下,"箭头指的是那里?"

"是的,怎么了?等等……你认为蜜卡和彼得是朝那里走了?为什么他们要往山那边走?"

我耸耸肩。"为什么他们要爬到树上去?"

女孩们发出一阵让人耳膜发颤的尖叫声。我转回头,以为自己会看到至少有三个女孩的身上着火了。但是当我看到从大树中走出来的那头动物,我差点摔了一跤。

它看上去像一条毛茸茸的蛇,但要比一个趴下去的人更大——粗细是一个人的三倍,长度则是四倍。它全身都覆盖着不断摆动的鬃毛,似乎就是这些鬃毛在推动它前进。我举起砍刀,后退了一步,心脏怦怦直跳。凯尔文却笑着向前迈了一步,抓住一根系在这个生物前端的绳子。

女孩们歇斯底里的叫声还没有止歇,又有一头同样的怪物从树洞里爬出来。它的头几乎碰到了前面怪物的尾巴。

"别害怕!"凯尔文向我喊道。他一拽绳子,牵着第一头怪物离开大树,走过了苔藓。我跟在他身后,但还是和怪物保持着距离。

"这些东西到底是什么?"我喊道。

"我们管它们叫文尼。"凯尔文说,"为了像文森特致敬。他在发现它们的时候差点从树上跳下去摔死。或者不如说是它们发现了他。"

凯尔文一抬手,让怪物的头转向我。我又后退了一步。那只怪物有一双黑色的、湿漉漉的大眼睛。全身的鬃毛足有一英尺长,在靠近毛囊的地方呈褐色和黑色,到尖端就变成了浅绿色。在它的背上用绳子拴着一根棍子。

"它们的脸真有些可爱。"我说。

"他们看上去就像是地球上毛毛虫的放大版。"凯尔文说,"不管怎样,我所知最接近它们的生物就是毛毛虫了。"

"我不知道毛毛虫是什么样子。只有你向我提起过那种东西。我看到它的时候,立刻想到的是'蛇'。"

凯尔文笑了,"是的,我就觉得大家害怕的应该不是毛毛虫而是蛇。"

"那根棍子是做什么用的?"我又问。

"让它往前爬的东西。它们会吃这棵树上类似于树叶的东西。我们就会把一片树叶挂在它前面,让它一直爬下来。一定是那片树叶掉了。"

"它爬到下面以后,我就让它把叶子吃掉了。"文森特说道。这时他跑了过来,帮助凯尔文驾驭这只怪物。"我觉得那是它应该吃到的。"我回头向大树看了一眼,发现第三只文尼已经爬出树洞。它身后还能看到第四只文尼的鼻子。

"你们弄下来多少?"

"七只。如果它们还在一起的话。"

"为什么要弄它们下来?"我问,"我们能用它们做什么?"

凯尔文和文森特全都抬头看着我,一边继续引领文尼向前爬。

"你在开玩笑吗?"豪尔赫来到我身后。我转过身,看见他正用手拍着腰间的砍刀。

"我们要把它们吃掉。"

第19章　屠宰

豪尔赫和卡尔把一只文尼牵到一旁。其余六只文尼绕成了一个圈。领头的文尼鼻子碰到最后一只的尾巴。整支文尼的队伍都在不停地蠕动。它们的黑褐色鬃毛掀起了一阵又一阵波浪。我像其他人一样饿，但不知为什么，我不想吃掉任何活物。我在自己的训练中找不到任何与众不同的地方能够解释我这种孤独的心态——其他人似乎对于吃掉文尼不会感到什么困扰。

我尝试和凯尔文仔细谈谈这件事，但豪尔赫和卡尔已经在嘲笑我了。我也能看到凯尔文的脸上也流露出困惑。被连续叫了几次"胆小鬼"以后，我放弃了反对意见。豪尔赫将被选中的文尼牵走，用砍刀拍打它的尾部。我抓起另一把砍刀，继续去砍柴，这样我至少不必面对那场苦难。

我的眼睛也许不必看到杀戮，但我不可能听不到那只动物被宰杀时发出的哀嚎。

我的身子僵住了。在一阵阵尖厉凄惨的叫声中，我听到了其他人发出了厌恶的声音。有几个男孩开始高声要求豪尔赫赶快把活干完。我又听到豪尔赫喊道："我正在努力！"

有人跑过来,拿走了我手中的砍刀。我没有看见那人是谁。他应该是想要帮豪尔赫一把。

我用双手捂住耳朵,跪倒在苔藓上,心中奇怪我到底是出了什么问题——我已经不是第一次有这种疑问了。为什么我现在只想呕吐?

塔尔西来到我身边,伸手搂住我的腰。我们两个一起跪在散乱的木屑和木块中。她就这样抱着我,不停地抚摸我的头,亲吻我的面颊,直到声音停止。

我最初的震撼大部分来自于对那个可怜生物的怜悯——尽管就在不久以前,它刚刚出现在我面前的时候,曾经是那样让我感到害怕。同时我也在为自己的过激反应感到羞愧,让我突然觉得自己仿佛并不是这支团队的一员。

又过了不久,当这只动物的肉被放在篝火上烤熟,香气在我们的营地中飘散开的时候,我却在树洞里,只是吃着生炸弹果,为那只死掉的文尼,也为我自己感到难过。

"你真的不想吃一点?"凯尔文过来问我。

"是的。"我很感激他的体贴。毕竟他没有直接用木棍插着一块肉递给我。

"你想要谈谈么?"

我对他笑了笑,起身给他让出一个位置。等他坐下来,晃动着双腿。我才说道:"这不应该是我说的话么?"

凯尔文咕哝了一句:"也许是我们把事情搞糟了。"他朝篝火点了点头。

我不接受他的观点。但这的确让我感觉好了一些。我突然有一种冲动,想要把头靠在他的肩膀上,让他的力量支撑起我,就像塔尔西常常靠在我身上。不过我抑制住了这个冲动。

"我们不在的时候,你和塔尔西过得很快活?"他问道。

我抬起头来看向他,发现他下巴的肌肉在抽动——他在不停地咬牙又松开。"听我说,凯尔文……"

他伸手搂住我,捏了捏我的肩膀。"嗨,这没什么。选择权本来就在她,不是么?"

"不,听我说……"

"我是认真的,波特,没事的。其他那些家伙里面有一半人我都不满意,如果她选了他们,我倒是宁愿她选择你。"

"只有一半?"我看着他,不觉有些失笑。

"嗯,卡尔比你好看一点……"

我捶了他膝盖一拳。"不过说认真的,我要告诉你一件事。我……这件事还只有我自己知道。我甚至不知道该怎么对你说,才不会吓到你……"

"嘿,"凯尔文这时却已站起身,向篝火那边走去,一边扬起双手,"我可是挺高兴你们两个在一起的。不过我可不想听任何细节,好吗?而且我这方面什么都不懂,也给不了你建议。"

"不,听……"

不过已经太晚了。不只是因为凯尔文已经走远,更是因为说出肺腑之言的冲动已经从我的心中溜走了。

而且,今天被掏出来的"肺腑"已经够多了。

◆

尽管没有吃肉,但我还是不得不承认,这股非同寻常的气味实在是很诱人。尽管我的大脑拒绝吃掉死尸的想法,但一闻到烤肉的香气,我的嘴里立刻充满了口水。似乎我漏掉了某个训练程序。所以我相信可以吃的都是农作物和蛋白质混合物。其他男孩却似乎不需要学习就知道只要是活动的东西就能拿来砍碎做熟。而且他们似乎还知道做这种事最好的办法是什么。

等到大家吃完饭,我才终于回到他们中间。我有些担心会被他们进一步排斥。豪尔赫就想试探一下我的男子气概,但凯尔文的一个眼神立刻结束了他的举动。剩下的文尼绕成一圈不停地爬行。其他男孩都心满意足地打着饱嗝。而我的肚子还在"咕咕"地叫个不停。

我们开始讨论下一步的行动了。

"看样子,我们肯定不会饿死了。"卡尔说,"而且只要这里有稳定的雨水,我们在这里就能过得比基地里那些人更好。"

"我们的目标不能只是这样。"我说道。所有人的目光都转向了我,我做出解释,"不能只是'吃饱饭'。"

"你是说长期目标。"布丽妮说,"就像我说的一样。"

"的确,我们要建造房屋,找到稳定的水源,可以进行灌溉。"

"我们在下来的时候就讨论过这件事。"凯尔文说,"文森特认为我们可以砍掉一片树冠,从隧道中把防水布搭出去。这里大部分雨水甚至都不会落到地面上。上面树冠层里到处都是水洼。我们可以用隧道引一股很大的水流下来,就像一条盘旋的河。"

"这还是需要依靠降雨。"我说,"我们醒来已经快一个月了。殖民却几乎没有告诉我们多少关于这颗行星的事情……"

"你是在想那些山和山上的积雪吗?"塔尔西问。

我点点头。"那里一定有雪水形成的径流。也许我们应该考虑……"

"是谁让你当头的?"豪尔赫在篝火的另一边用砍刀指着我问。

"没有人,"我说,"我只是在问问题……"

"听起来你已经有计划了。"豪尔赫用夸张的动作从已经冷了的肉上撕下一块来。

"豪尔赫,别闹了。"塔尔西说。

"波特是对的。"凯尔文说,"彼得接受的也是农夫训练,和我一样。他可能有同样的想法。"

"我可不想凭直觉就去追彼得和蜜卡。"豪尔赫说,"而且,既然我们能畜养文尼,谁又需要种地呢?对吧,文尼?"

"如果我们还要吃它们,就不能总是这样叫它们。"文森特皱着眉说。

"同意。"布丽妮伸手搂住了文森特。我们不止一个人在点头。

"这样讨论下去不可能做出任何决定。"萨姆森说,"这里谁的等级最高?"

"我不想在这里也搞这种等级制度。"我对众人说。

卡尔指着我:"我猜我们知道谁的等级最低了。"

大家都笑了起来。我也不得不加入到哄笑之中。卡尔向我露出微笑,让我知道他并无恶意。

"实际上,我是等级最低的。"萨姆森承认。我们有几个人已经知道这一点了。我们诞生的那一天,他就说过他的培养槽就在出口旁边。所以他是第一个逃出去的。"明迪可能是级别最高的,不过她可能不会说。她的培养槽在迈拉的旁边。"

我们全都转向明迪。我看到她的脸比那些被太阳晒过的男孩们还要红。

"我拒绝领导这帮人。"她微笑着说,"只要能够不去搅拌火箭推进剂,我就很高兴了。"

"说到这个,"塔尔西说,"有没有人知道我们为什么要建造那东西?"

没有人回话。

"我们应该在乎这件事吗?"布丽妮问。

"我觉得我们应该关心一下为什么这颗行星会被认为是不可殖民。"塔尔西说。

"缺乏金属,"蕾拉回答,"只有黄金。"她又补了一句。

"这只是传闻。"凯尔文说,"不过听口气,你好像知道些什么。"

"我知道这个传闻是从谁那里开始的。"蕾拉说,"是蜜卡告诉我的。她是地质学家,所以这有可能是她的偏见。不管怎样,这里的其他条件全都很适合生存——只不过不适合建造更多的殖民飞船,让它们去寻找其他行星。"

"不可能这么简单。"卡尔说,"他们不会只是因为这里本身环境条件不错,却没有进一步的利润就把我们流产掉。"

"你确定?"蕾拉问。

豪尔赫冲我冷笑一声,"你觉得呢,波特?"

大家的脸又转向了我。我感觉自己的体内涌起一股热流,便深吸一口气,注视着火焰说了起来。

"我认为这里缺乏金属,让这颗行星无法继续殖民。在这一点上,我倾向于同意蕾拉和蜜卡。但我也认为我们不能只狭隘地看到眼前。这里可能有我们不知道的季节性变化,或者大型掠食兽。尽管我们没有签过任何东西,但我们在那个殖民地的出生就让我们成为某个法律体系的一部分。现在我们背弃了那个法律体系。如果这颗行星的殖民地经营得当,我们就将一直都是违法者。而且——我这么说没有其他意思——如果我们不能做到每一对都生三个孩子,除了我们暂时的快活以外,所有这些就都没有任何意义了,对不对?"

"我要和布丽妮一起。"豪尔赫说。

几个男孩笑了起来。但文森特没笑。

"干死你,豪尔赫。"布丽妮怒气冲冲地说。

"听到了?"豪尔赫接口道,"她已经口头同意了。"

大家笑得更厉害了,但布丽妮和我没有笑。文森特瞪着豪尔赫。塔尔西挽住我的胳膊,手指和我的手指交握在一起。我转过头,看见她也没有笑。

"所以,我们全都同意今晚成双成对在苔藓上打滚吗?"萨姆森问。

明迪离他最近,狠狠打了一下他的胳膊。

"要我说,我们应该离殖民地更远一点,把它忘掉。"塔尔西说道,"我们应该将冲出围栏的那一天当作我们真正的生日,而之前的恐怖只是我们共同接受的最后一个训练。"

这个玩笑让大家全都安静下来。我们细细地咀嚼这句话。我真的很喜欢这个美丽的比喻,将人生中最糟糕的时光看做是和我出生以前的经历一样虚伪。这让我想起了迈拉在失去史蒂文斯以后应对生活的办法。

"我也认为我们应该努力去找到蜜卡和彼得。"塔尔西继续说道,"如果他们向山那边去了,那么我们朝那边走就能一举多得——找到他们,同时找到新鲜水源和远离殖民地。这是最好的选择。"

"我同意。"布丽妮说。

随后又是一阵附和声。我捏了一下塔尔西,让她知道我是多么支持这个方案,又是多么感谢她将领导的重担从我的肩头移开。

"那么好吧。"文森特说,"说到要去那边,我倒是有个主意。"

"不用走过去吗?"明迪问。

"既然你说到了……是的,也许还是要走过去。我想的是,我们应该上到树冠层去,走直线去那里。否则我们就要不断绕过这些大树。"

"不能这样。"蕾拉说,"我们难道不会一脚踩空摔死吗?"

"不会的。"萨姆森说,"那里的树叶非常密实牢靠,走在上面就像踩在地面上一样。"

"只不过那里是在地面两千英尺以上。"一个女孩抱怨说,"而且爬上去就要走很久。"

"等你们看到上面的天空就明白了。"

"是的,"豪尔赫说,"而且我觉得明迪提出了一个好点子。"

"我?"

"是的,你说不用走路。也许我们可以骑文尼前进!"

我们全都转头去看那些肥大的生物。它们还在不停地绕圈子——就像一个不停转动和颤抖的暗色绒毛环。

"我们真的应该给它们换个称呼。"文森特说,"这个名字总让我心惊胆战的。"

第 20 章　上树

"折磨"并不足以形容这趟旅程。沿着螺旋形斜坡向上走的过程更像是在死亡边缘漫步。我的两条腿只用了半个小时就开始感觉酸痛了。然后我的肺也生出了难以忍受的灼烧感。同时我还必须把精神集中在不断带来痛苦的每一次迈步上。就算我在过去几个星期里没有过度工作和进食不足,这段没有尽头的上行道路对我来说也是一种沉重的负担。我觉得现在任何人都不会好受。

有几个人纷纷提出愿意自己走路,让我骑文尼,但我觉得骑它们和吃它们一样都不对。一开始,女孩们感觉到这些大虫子的毛囊在身子下面不停地蠕动,全都尖叫个不停。不过她们最终还是安静了下来。我走在队尾,不时会停下来欣赏一下周围的景色,也喘上一口气。文尼最大的优点是它们行动缓慢。我走路就能追上它们,然后可以停下来吸两口可贵的氧气,然后再重复这个过程。我尽量省着喝水,但在我把带在身上的水喝光一半以后,我们似乎只走了四分之一的路。我只好更加明智地分配自己的补给。

我们只能边走边吃午餐。就算是没有树叶挂在领头的文尼前面,它似乎也不知道该如何停下来。塔尔西从她的文尼背上跳下来,和我一起走路。我们还有不少烤肉。我知道她一定更愿意吃肉食。但她只是和我一起吃炸弹果。我们静静地一边走一边吃。我的肺只是为了应付爬坡就已经快吃不消了,根本不可能一边蹒跚而行一边和她说话。

午饭后又过了一两个小时,我的腿和肺终于让我无法再维持自己的道德立场。除非骑上文尼,否则我根本不可能跟上队伍。在我承认失败以后,布丽妮从最后一只文尼背上下来,骑上了前一只文尼,让我可以和塔尔西乘坐一只文尼。塔尔西也跳下文尼走在我身边,帮助气喘吁吁的我骑上那只动物的脊背。

"你必须抓住它的毛。"她对我说。

我想要告诉她,我正在努力,但从我嘴里只是又冒出一阵喘息声。看它鬃毛的波动方式,仿佛它的皮肤一直在围绕它的身体流动,就好像这只动物是一条活的传送带。我尽量提醒自己——实际情况和我看到的并不一样,文尼背上的鬃毛并非真的会参与身体移动,只是被它全身的动作牵动而已。我责备自己的懦弱,决定抓紧那些鬃毛,把自己拽上去,然后再向文尼道歉。

我终于蹭到了文尼的背上,抓住一些波动的鬃毛,努力想要在它的背上骑稳。文尼的鬃毛不停地擦过我的肚子,让一阵阵战栗感掠过我的脊柱。我必须用力抓紧,否则这些摆动的鬃毛说不定就会把我推到文尼的屁股后头,让我的屁股直接撞到地上。

塔尔西推着我的脚，让我向前挪一点。我松开一只手，向前抓住另一撮鬃毛，就这样一直把自己向前拽过去。我能感觉到身子下面的鬃毛在朝后面弯曲，然后向前摆动，帮助我一直向前挪到了文尼背部中央。我终于够到了缠住文尼脖子的绳子——实际上，这种动物根本看不出脖子在哪里，绳子差不多只是拴在它的头部后面。不管怎样，我抓紧绳子，照塔尔西说的那样左右摆动身体，将文尼的鬃毛分到两边。

现在我的肚子紧贴在了文尼的背上。这种感觉并不像我以为的那样不舒服。而且文尼似乎完全没有注意到我的体重，依然稳稳地向前爬行，速度丝毫没有放慢。塔尔西抓住了我的小腿，然后是大腿，最后将胸脯压在我的背上，她的呼吸轻轻拂过我的脖子。

"有那么糟糕吗？"她问我。

的确没那么糟糕，我努力喘了口气，想要回答她。

塔尔西将双手放到我的肩膀上。我感觉到她侧过头，枕在我身上。我也转过头，望向大树以外正在移动的世界。每过几英尺，我们就会爬到一片树皮后面。我们的世界便陷入昏暗。然后我们又会一下子回到阳光中，这代表我们行进到了下一道树皮裂隙处。我们就像是经过了一扇又一扇打开的窗户，每一扇窗都能让我们看到下方一片美丽的空地。越过一片比殖民基地小一些的空地，我能看到更多大树。以这片空地为地标，我能确定在半天时间里，我们已经绕着这棵树转了三圈。

"你觉得我们要绕多少圈才能到达树顶？"我问塔尔西。

"我问过凯尔文同样的问题。他们觉得大概要绕十到十二圈。"

我抱紧了文尼,全心全意感谢它的服务,然后又对塔尔西说:"还不算太糟。"塔尔西捏了捏我的肩膀作为回应。

·✦·

一段时间以后,我猛然惊醒,发现整条隧道都陷入到阴影之中。我根本没有打算睡觉。一定是文尼背部有节律的晃动让我昏睡了过去。

我一只手放开绳子揉了揉眼睛,向下方望去。粗大的树枝从树干上伸展出来,斜向上一直延伸到树冠层。我的动作似乎也惊醒了塔尔西。她吻了一下我的脖子,说她需要伸个懒腰。

她的身体从我身上滑了下去,仿佛有什么把她拖走了。我挺起上半身,让文尼的鬃毛在我身下摆动。随后我稍稍把自己向后推,文尼也开始推我——它的鬃毛将我一直送过它的尾部。

我用双手和膝盖落在地上,想要站起来。但我的两条腿似乎还没太睡醒。

"我们睡了多久?"塔尔西问。

"你问我?"我伸了个懒腰,然后抬腿去追赶缓慢前行的文尼,"我肯定比你更早睡着。"

塔尔西抓住我的手,把我拽到一道树皮裂隙前。我们朝下方的地面望过去。刚才的小睡完全破坏了我的方向感。而外面的一片幽暗让我很难看清空旷地的位置。

"看样子,这里的地面上有不少那种深坑。"塔尔西指着零星分布在深绿色背景中的一些完美的圆形黑点说道。

"那根树枝可真大。"我伸手向旁边一指。

"希望这意味着我们接近树顶了。"

我和她一起向上看去,但很难判断树冠层离我们还有多远。"我们先追上其他人吧。"在逐渐变暗的光线中,我已经看不见那只文尼的尾巴了。

我们走了差不多有半个小时。我的肺和腿又开始感到灼痛。不过这次我有了经验,这种痛苦和疲惫也就不像上一次那样让人害怕。而且我知道文尼就在前面,这也在心理上给了我一股推动的力量,让我不至于再陷入恐慌。正是内心的恐慌会让疲惫变成衰弱。

天越来越黑。我一只手攀着隧道内侧的树干,一只手和塔尔西紧紧相握。随后,衰弱感却毫无征兆地占据了我。我的两条腿开始不受控制地颤抖。

"我觉得我要躺一下……"

不等我把话说完,大树突然在我脚下开始晃动,让我差一点栽倒在地。塔尔西在我身边猛地挥起胳膊。她的手从我的手中滑了出去。我听到她发出尖叫。而且她的声音正在迅速远离我,向一道树皮裂隙和外面的深渊飞过去。我在黑暗中伸手去抓她,连续几次碰到她的手,却没有抓住——我心中的惶恐立刻变成了巨大的恐惧。我终于碰到她的袖子,急忙用力抓紧,把她拽过来。我们两个都跌倒在隧道中。

"出什么事了?"她喊道。

一阵响亮的呼啸声从外面传来。那是成百上千颗炸弹果在砸开空气。我正要告诉塔尔西,我们又遇到了一场地震,我们的文尼一下子撞上了我们。它正逆向蠕动全身鬃毛,要退到下面去。

塔尔西和我用力抓住彼此。而硕大的文尼就挤在我们两个中间。我们交握在一起的四只手一下子挂在了它身上。它的鬃毛在努力将我们向它头部的方向推过去。

在螺旋形隧道的更高处有喊叫声传来,是上面的人要我们阻止文尼向下爬。在透进隧道的微弱光线中,我能看到又有一只文尼紧跟着我们那只爬了下来。整支文尼的队伍都在向后退。我们从文尼头部下来以后,我立刻将塔尔西拽到自己身边,以免她被下一只文尼撞到。第二只文尼从我们身边经过时,有人在它的背上高声喊叫,然后又向我们喊叫。我能感觉到背后的树干在颤抖。粗糙的木质表面不断摩擦着我的脊背。

"我们只能等地震过去。"我在众人的叫嚷声中提高声音对塔尔西说。

又一只文尼过去了。有人紧贴树干内壁在它身边奔跑。不等我出声示警,那个人已经撞在我身上。

"波特?"一张脸向我靠过来。

"卡尔? 现在怎么办? 我们该怎样让它们停下来?"

"该死的,"卡尔抓住我的胳膊。大树还是摇晃个不停,"我们就快到了。那上边还有好多这种……"

一阵轰鸣声打断了他。那很像是木头裂开的声音,炸弹果的呼啸也完全被它淹没了。这不是地震的声音。我们全都僵立在原地,只有文尼还在逃命。它们的速度仿佛加快了一倍。它们从我们身边冲过,背上往往还带着一两名骑手。周围的声音越来越大。很快我就什么都听不清了。

第 21 章　坠星

最后一只文尼从我腿边挤了过去。我的一群朋友们追在后面，还不断对文尼推推搡搡，偶尔又会摔上一跤。有几个人想要爬到它的背上，但文尼后退的速度实在是太快了。我听到有人在叫我们也赶快跑。但隧道已经挤满了，根本没有容我们逃跑的空间。而且现在我也看不到明确的危险迹象。我朝上方的隧道看了看，那里正逐渐变得一团漆黑。环绕这棵大树的螺旋隧道曲率很小，我们通常都能看出很远。现在我却只能看到一片黑影。大树的抖动和那种毁灭性的咆哮让那片影子更令人胆寒。

卡尔在我身边骂了一声，用力揪扯我的胳膊。这时我才看清了：一堵黑色的墙正在向我们逼近——有什么东西在冲过来，整个隧道都被它填满了。

我们三个跟在其他人身后一起逃跑，不时还会撞在前面的人身上。我努力拽住塔尔西的手。但实际上我已经不知道抓住的是谁了。我们一边跑一边轮流摔跤，又把摔倒的人拽起来，同时还在努力不回头去看身后的黑影。

我不需要再去看那是什么了。我能听到它在迅速冲过来——伴随着它的是越来越响亮的木头碎裂声。

"下去！"一个女孩尖叫道。一开始，我还以为她是说有人掉下去了。然后我感觉到身边的人停止了奔逃，转而跑到树干外侧，消失在夜空中。还在隧道里向下跑的人越来越少。而背后的黑影离我们也越来越近。那种巨大的碎裂声让我几乎完全听不见人们的叫喊。

我伸手去找塔尔西，感觉到有人又从旁边的树皮裂隙中爬了出去。这时我才意识到他们在干什么，也明白了这是我们唯一的选择。

"抓住隧道边！"我向身边的人喊道。我们跟跄着跑过又一片树皮，从完全的黑暗进入到深灰色的裂隙处，然后双双爬了出去。我的脚攀住粗糙的树皮，把身子坠下去，用两条胳膊挂在向上翘起的隧道边缘上。这时我转过还在隧道中的头，看见那一团黑暗正压向我们——那是一堵黑色能量形成的墙壁。我能看到它在不断颤动。我让臂肘离开隧道边缘，又向下落了一英尺。隧道锋利的边缘咬住了我的手指肚。我挂在那里，两条腿来回踢蹬着。我下面是上千英尺的深渊，也许有两千英尺。

某种粗糙的东西擦过我的指节，几乎把我的手撞开，长长的鬃毛从隧道中冒出来。是一只和隧道一样粗的文尼，或者可能比隧道更粗——隧道边缘不停地被它挤裂。我的胸口贴在树身上，能感觉到大树的颤抖。剧烈的震动和手指承受的压力让我觉得自己就要抓不住了。这种运动对我的身体要求太高了。

但我还是在不断高声鼓励身边的人："抓紧！"我希望自己的激情能够变成力量。尽管这只是一句空话，没有任何实质性的建议。

一阵浑厚的喊声从后方传来。是一个男性的声音。

我的心向下一沉，胃开始抽搐。这两个器官在我体内不断碰撞，和我的肠子一起因为头脑的混乱而陷入混乱。我希望塔尔西就在我身边——又不太愿意她看到我的样子——但我更担心她有危险。我咬紧牙关，把头靠在粗糙的树皮上，感觉到不断震颤的树皮在刮蹭我的前额。

那头让一切为之颤抖的巨兽仿佛足有一英里长。等它过去之后，我才收紧手臂，准备爬上去，但我立刻又听到巨型文尼爬过来的声音。我放松身体，把体重挂在关节而不是肌肉上，心中想着掉下去会是什么样子——飞速下降，身体在凸出的树皮之间来回碰撞，最终击中遥远下方的苔藓。然后我一下子就消失了，永远不复存在。

鬃毛擦过我的手。一颗炸弹果呼啸着从我身边飞过。我身边的人一直在高声咒骂。但我已经没有力气再给他鼓劲了。就在这时，大树的颤抖停止了，只留下了巨型文尼的隆隆回声。我感觉到指关节的麻木感在消失，意识到这种麻木主要是由震动造成的。如果这是最后一只文尼，那么我应该能坚持住。

如果我能坚持，也许大家就都能坚持。

随着最后一片鬃毛离开我的手指，我开始试着把自己拽上去。如果再有一只文尼爬过来，我宁可被它吃掉或者压扁，也不愿意掉下去摔死。我将双脚分别踏在两侧凸起的树皮上，先把臂肘送上去，压住隧道的地面，然后休息一下，双手握在一起，臂肘张开。我身边的人也在这样做。当我们同时寻找踏脚点的时候，我们的腿蹭到了一起。

巨型文尼发出的"隆隆"声逐渐消失在下方远处，此外再没有别的声音响起。我感觉到一阵紧张的笑意从心中冒出来，接近死亡时产生的疲惫和狂躁像小气泡一样纷纷在我的脑海中炸开。我身边的人在我之前发出了喘息和笑声……

有人在尖叫。

是一个高亢的声音。一个女孩的声音。它刺穿了逐渐安静的夜空，就像一把锋利的匕首刺穿正在愈合的伤口。我从没有听到过那样响亮的叫声，然后它就渐渐消失在远方——让人感到毛骨悚然。

声音没有了。

她已经跌落下去。

第22章 黑暗

我踢蹬着树皮,把自己的腰推上隧道,然后弓起身子,将半个身体带进来,最后一用力,全身都滚了进来。我身边的人也着急地进了隧道。我迅速跑下隧道,一边摸索下一道树皮裂隙,感觉有人在从那里上来,便伸手去帮他们。

"塔尔西!"我一边喊一边继续向下找,同时又担心刚才的尖叫声是从上面传来的。我撞上了更多的人,却只感觉到失落、孤独和混乱。

"是谁?"有人在喊。

"该死的怎么回事?"另一个人叫了一声。我在一个躺在隧道里的人身上绊了一下,就拍拍他,一边继续呼喊塔尔西的名字,自私地完全不理会其他任何人。

其他人也是一样。他们都在喊着各自关心的人,努力在黑暗中寻找对方。

"波特!"有人在我身边喊——是一个粗壮的声音。我感觉到一双强有力的手抓住了我的胳膊,把我拽到他面前,好让他能够看清我。

是凯尔文。

"塔尔西在哪里?"我问他。

他摇摇头。我理解成了塔尔西没能上来,而不是他不知道。有人在更靠下的地方呼喊求助。我推开凯尔文,跑到下一道树皮裂隙,跪下去用双手摸索隧道边缘。

我摸到了指节,便伸手下去抓住手腕。我害怕失去更多的人。这种恐惧如同一层金属塞住了我的喉咙。凯尔文来到我身边,摸到了那个人的另一条手臂。我们一起向上拽。我只希望自己疲惫麻木的手指能够像钳子一样收紧,只要它们能够将这个人拽到安全的地方,哪怕我再也用不了它们也无所谓。

那个人也在蹬踹树皮,把身体向上撑。恐惧让我们三个人爆发出巨大的力量,一下子离开隧道边缘,朝树芯的方向倒过去,挤成一堆,不停地颤抖、哭泣。

手指在探索,想要知道我是谁。一只手抚摸到我的面颊,一张脸贴近过来。

塔尔西。

我闭上眼睛,哭得就像是被吓坏的孩子。她的嘴唇落在我的面颊上,就一直停在那里,和我一起颤抖,不住地喘息。我们两个的身体在悲伤、疲惫和充满内疚的解脱感中战栗不已。

第23章　一片孤独的天空

我们的团队在黑暗中聚集起来,就像几颗融合在一起的水珠,相互碰撞、拥抱、哭泣,最终成为一体。我们逐一叫出自己的名字,还有身边人的名字,在脑海中反复核对人数。当一个名字被叫出来的时候,往往会有其他人呼喊着冲过去,和那个人抱在一起。

直到我们差不多把每个人的名字都听到了两遍,才有人意识到谁不见了。

"布丽妮。"有人悄声说道。她的名字在被提起时的语气完全不同——那更像是一个答案,而不是提问。

有几个女孩哭了起来。我听到文森特在我身边骂了一句脏话,便伸出手去安慰他。

我们所有人都在伸手去拍抚安慰身边的人。这一幕场景和我们出生时有着奇异的相似,但我们现在的恐惧和哀伤要远远强过那个时候。我们已经在醒来之后一起度过了那么多个小时。

"我们需要离开这里。"一个人说。

"我们刚刚失去了同伴!"一个女孩尖叫道。

"他是对的。"另一个人压抑着抽泣,轻声说道,"这里不安全。如果又有大虫子冲过来,我肯定坚持不住了。"

"向上还是向下?"有人问。

在我身边,文森特发出一阵怒吼。我听到皮肉相互撞击的声音,便立刻出手拦住他——我感觉到他在抽自己的脸。

"停下!"我抱住他的肩膀,"我们要好好活着才能记住她。"

他也抱住我的头,将我们的面颊贴在一起。我感觉到他的胸膛在无声的抽噎中一起一伏,感觉到其他人的手抱住了我们。

"向上。"有人说,"这里已经很接近树顶了,那里能够躲开刚才那些大虫子。"

"也许等到地震结束,它们又会回来。"

"地震已经结束一段时间了。"

在随后的寂静中,我们聚集起勇气和意志,开始向上行进。

这次我们结成一支紧密的队伍,一只手扶着隧道的内壁,另一只手牵住另一个人。我让塔尔西走在我里面。现在我绝不会再让她靠近隧道边缘了。

凯尔文走在我们前面。我将一只手放在他的肩膀上。这样做不只是为了让他带路,我也需要摸到他。我们一言不发地走着,一路上只能偶尔听到外面传来炸弹果的呼啸声,还有一些人冲动又含混的咒骂声。

我努力不拖着脚步,以免脚底会在刚刚被文尼刨过的粗糙木头上刮伤。我觉得无力又沮丧,这种感觉似乎来自于刚才为了活下来而进行的拼命挣扎。就好像我的身体已经耗尽了一切能量,现在连自我保全的欲望都没有了。毕竟它成功了,我的生命得到了延长,尽管我也不知道能够延长多久。但我想要活下去的意志却枯竭了。

我明白,能够继续呼吸是一件值得高兴的事情。我的两个最亲密的朋友都还活着,这才是最重要的。只是我的肉体变得空空如也。如果再有危险降临,我肯定不会有做出应对的力气。我在走路——但在那种自我保护的神秘精神得以恢复之前,我只是一副踉跄前行的空壳,处在了半死亡的状态。

我们就这样挪动了几个小时,沉默在我们中间停滞了太久,已经变得有如实质,形成一种脆弱而珍贵的东西,我们仿佛全都不愿也不能将它打碎。隧道在经过了数英里的缓慢螺旋之后忽然转向,拐出了一个与之前完全不同的角度。我们这些不曾到过树顶的人只是一言不发地继续走着,无声地接受世界抛给我们的一切。

又爬上一段陡峭的斜坡,我们已经无法稳定站立,只能用双手和膝盖继续向上移动。隧道两侧全都变成了木质墙壁,尽管这让我们完全陷入黑暗,却也给我们带来了一种莫名的安慰。我们经过又一个怪异的转弯,前面的路面变得更陡。这时,上面传来"沙沙"的声音,就像是一张蜡纸擦过的我脸。是树叶?树洞隧道到了尽头,刚才的寂静也结束了。

"小心。"一个人悄声说。

一些手牵着我们的手,带我们走过树枝形成的奇异转角,来到一个满是干树叶的地方。我用双手抓住树枝,继续向上爬。这种感觉很自然,仿佛是一种原始的本能。我将塔尔西向上推,让她跟紧凯尔文。现在我伸出手就能够到塔尔西双脚以上的树枝,再向上提起身子,头就碰到了她的小腿肚。我们似乎是在一个窟窿中向上爬,周围全是密密匝匝的树枝。这个洞几乎是垂直的,贯穿了整个树冠层。我能感觉到身后同样在攀爬的人们。我们全都在努力爬出这个洞。驱动我们的是一种强烈的欲望——想要获得安全,想要休息。

我觉得我们马上就能获得自由了,这时竖直的隧洞却转成了水平方向,然后又稍稍下斜。片刻间,我感觉到一阵慌乱,不知道我们是不是还要走很长一段路。脚下的树枝随着通道向下而变得潮湿,随后通道又开始向上。前方传来了更加响亮的"窸窣"声。我们上方有人在喊叫。一层厚实的叶片被揭开,一道明亮的光线穿透黑暗照射进来。我立刻感觉到周围的能量——我体内的能量——在增长。终于到达目的地的感觉油然而生。终点就在眼前了。

塔尔西和我终于来到开口边上,凯尔文把我们拽了出去。我们三个全都瘫倒下去,和大家一起仰面朝天躺在一片平坦的枝叶上,沉浸在一种充满敬畏感的宁静中。在遥远的高处悬挂着一幅我们隐约会感到熟悉的图景——我们都在多年的梦境里见到过它,却从没有真正用自己的眼睛看过:一片辽阔的黑色织锦上闪耀着许多灿烂的光点。

星星。数不清的星星,正明亮地闪烁着。混乱却又存在着某种秩序。每一颗都有所不同，却又没有两样。其中一些似乎比另一些距离我们近很多。有一些聚集在一起，形成了紧密的星团。有三分之一的天空中星星格外密集，如同无数白点交织成一条宽阔的缎带，从地平线的一段延伸到另一端。

"天哪。"一个男孩悄声说道。这提醒了女孩们和我，男孩们也是第一次看到这番景象。

我将目光从天空中移开，扫视我的团队，心中感谢那些遥远的恒星借给我的光亮。我们之中绝大部分人都活下来了，我不知道这算不算是一种幸运，或者在经历过那么多之后，我们才能来到树顶上，所以我们是不幸的？一个女孩转过身拥抱了文森特，悄声说了一些哀悼的话。塔尔西捏了一下我的手掌。我伸另一只手握住凯尔文。想到可能会失去他们两个，我的胸口感到一阵痛楚。

我看见远方有一些影子在移动。是一串文尼正在滑过浅绿色的树冠层表面。我向周围看了一圈，又看到许多文尼。当这些巨兽钻进枝叶形成的地面，或者从下面钻出来的时候，就会有一阵"窸窸窣窣"的声音响起。这真是一种奇异的外星景象——尽管我提醒自己，这是我所知道唯一的家园，我还是禁不住会这样想。我们在训练模块中完全不曾接触过这种事。当我想到就在身子下面，还有一段非常遥远的空间将我们和坚硬的地面分开，我就感到一阵虚弱。就好像我们正飘在一片云上，还希望这层云雾能牢固地支撑住我们。

大家全都一语不发，只是许多人在轻声啜泣。我们的小团队紧紧聚在一起,好感觉到彼此的身体,就好像我们在围栏外度过的第一个晚上。每一只手都握住了另一只手,不在乎握住的是谁。

这全都是我们的手。

全都握得很紧。

全都充满了爱和恐惧。

我枕着另一个人的手臂,凝视星星,透过眼泪看到它们在闪烁,它们之间的黑暗和它们的光明全都让我深深着迷。我很快就惊讶地发现,有一片完全黑暗的天空,一小片孤独的黑暗。我迷失在其中,渐渐飘向了虚无。

第 24 章　蓝色

那一晚,我毫无道理地睡得很香。当我醒来的时候,我看见了一番出乎预料的惊喜景象:开阔的天空——太阳洗刷掉了黑暗,也遮蔽了绝大多数星光。它取代星星,让天空从一侧地平线的深灰色一直过渡到另一侧地平线的亮蓝色。是日出。我能感觉到自己从中读出了某种神秘的东西,就好像上天在因为夺走了我们的一员而向我们道歉。当这种想法在我心中掀起波澜的时候,我发现自己想起了奥利弗。我开始理解他——也许只理解了一点点,就是他在艰难的时候那种对喜悦看似没有理性的求索。

过了这一夜,原来紧挨在一起的我们也在入睡之后分开了。有一些人翻来覆去想要找到一个舒服的姿势。我将塔尔西前额的头发拨开,轻轻吻了一下她的眉心,心中感谢她平安无事。她动了动,嘴唇微微分开,不过没有被惊醒。我将自己的手臂从她的头下面抽出来,在人群中坐起身。酸痛的关节在呼吁我运动一下,或者也有可能是紧张不安的情绪让我觉得必须有所行动。

我是唯一起来的。现在就连文尼们也不像昨晚那样活跃了。我转过身去寻找它们,却再一次因为在我面前铺展开的绿色原野而感到惊叹不已。几种不同模样的绿叶层层叠叠,如同一片连绵起伏的地毯。其中一些树叶要比一个人伸开自己的四肢更大;一些深绿色的叶片又像我的手掌一样小,也一样厚。我转过身,看见背后的山脉被升起的太阳照亮,我的呼吸一下子卡在了喉咙里。

我知道山脉是什么样子,就像我知道地震、枪和接吻。但真实再一次将概念打得粉碎。巍峨雄壮、高高耸立的金字塔形大地远远超过了树冠层。它们的顶部覆盖着厚厚的积雪,被清晨的阳光染成粉色。在那些山峰上能看到无数层不同的色调,从逐渐加深的蓝色直到最远处的紫色。它们向远方延伸,仿佛没有尽头,让这里的绿色地毯也相形见绌。这些大树本来已经让我对自身的渺小有了深刻的认识,但和远方的那些山峰相比,它们又变得根本不值一提。

一阵凉风从西方吹过树顶。这阵风似乎被那些冰雪覆盖的巨大花岗岩冷却了。它们距离我们可能有一千英里,也可能只有十英里,我的距离感完全失灵了。在头顶上方晨星的最后一次闪烁和脚下的广袤绿叶之间,那些山峰对我的自我意识、对我在这个宇宙中所处位置的认知造成了最终的打击——与它们相比,其余一切都显得微不足道。

"真美啊,"塔尔西悄声说道。她的手臂从后面环抱住我,我将手掌捂在她的手上,从我们的接触中感觉到一阵喜悦,也让我在这令人无比震撼的世界中重新站稳了脚跟。

"真不能相信,她已经走了。"我想到了布丽妮。我想要说:真希望她也能看到这一切。但这种话显得太平庸,也太悲伤,让人无法启齿。塔尔西更加用力地抱紧了我。我感觉到她的下巴抵在我后背一条酸痛的肌肉上。她的头垂下来,沉甸甸地压着我。

"我们就是要征服这一切吗?"我听到她用伤感无力的声音说道。

这个想法激起了我的某种情绪。是某种愤怒。然后它就随着清新的风飘走了,消失在微微摆动,大小如同毯子一般的树叶里。

·✦·

没过多久,越来越强烈的阳光就把其他人都唤醒了。所有人都被环绕我们的景色所震惊——男孩们也在和第一次看到这番景象的我们分享喜悦,一种目眩神迷的感觉似乎取代了我们失去同伴的哀伤。但只有文森特除外。尽管我们努力想要让他也振作起来,他却一直保持着沉默和疏离的态度。

我有一点因为自己的兴奋而感到愧疚。看样子,大家全都很尊重他的哀伤,所以压抑了自己的热情。当我们之中某个人在不经意间笑起来,或者有任何兴奋的表示,他马上又会流露出羞怯和抱歉的神情。

我们整理了经过昨晚那场灾难之后留存下来的物资。不止一个人因为自己丢失了宝贵的物品而感到难过:一只热水瓶、一块帆布,甚至是一整个背包。当我们清点物资时,没有人对布丽妮携带的东西提起过一个字。但我相信,我们全都默默地、心怀愧疚地、在心里回忆过她都带了些什么。

女孩们拿出剩下的烤文尼肉。卡尔和萨姆森爬进树冠层内部去寻找炸弹果。我们仔细分配了饮水。现在我们头顶上这片湛蓝的天空令人耳目一新,但没有一丝云彩遮挡的阳光对我们无疑也是一种诅咒。

"我们早就应该想到这种可能。"凯尔文一屁股坐到我身边,摇了摇头,"为什么这条隧道会这么大,难道不是同样大小的文尼钻出来的?"

"是的。"我点点头,从长茧的脚底板上剔下细小的木刺。

"你觉得那些是不是成年文尼?所以才会长那么大?"

我摇摇头,"我不知道。或者体型差异来自于它们性别不同。"我抬头瞥了一眼,看见又有几个人正一边摆弄着他们的食物,一边默默地听我们说话。

"我们该怎样下去?"明迪问我。大家的脸再一次转向了我,但实际上,我从没有表现过任何特别的态度或者想要成为领导者的意愿。我现在要做的应该只是为明迪想一个答案,但大家明显是在寻求我的观点,这种局面让我不由得陷入沉思。不知道这会不会是因为史蒂文斯在第一天单独和我说过话,或者不过是只有我带出了一支手电筒。我咬住嘴唇,思考是否应该结束掉我在这个群体中仿佛拥有的一点权威,但我又害怕自己的一点犹豫有可能让他们陷入绝望。

"蜜卡和彼得留下的标记在哪里?"我问豪尔赫,希望这样能将领导者的担子交给另一个对此更有欲望的人。

"下面。"萨姆森插口道,"就在过去那片洼地的树枝里,是朝那个方向指的。"他朝距离我们最近的山峰打了个手势。

"你觉得我们在这里能坚持多久?"蕾拉问。

"如果没有雨的话,坚持不了多久。"凯尔文说,"要我说,我们应该向那些山走,并不时在树冠层下面侦察一下。这里一定有雨水或者积雪形成的河流。"

"是的,但我们该怎样找到下去的路?"明迪问,"我们该如何走过这里?"

"我们可以在它们晚上上来的时候标记出它们开出的隧道。"卡尔说,"我们还能用那些厚叶片聚集更多这些虫子,让它们转成一圈。也许我们还能让它们开路,以防树冠层中的隧道在一些地方会太窄。"

"然后呢?"有人问,"我们还要走那条隧道? 去碰运气?"

"也许那些大虫子只是因为地震才会冲进隧道。"我说,"也许这只是个意外。"

"别说那是意外。"文森特头也不抬地说。

"抱歉。"我对他说。

他挥挥手。我不确定该如何解读这个手势。

"我们还走那条隧道,"凯尔文救了我,"我们可以带上一长串文尼。让它们走在我们前面。如果有大东西过来,它们似乎能预先知道。我们带上的文尼越多,我们就能越早得到警告。"

"好主意。"塔尔西说。

"我们可以砍些长树枝,"明迪说,"把它们削尖,这样如果文尼走反了,我们可以用木棍来驱赶它们。"

"即使这样没有用。如果它们的队伍足够长,就能挡在树皮之间。到时候我们就算扒在隧道边上也不那么容易掉下去。"

"我们可以在他们身上拴上绳子,再将绳子的另一端拴在我们的手腕上。"

凯尔文和我对视了一眼。其他人也都开始滔滔不绝地提出建议。我扬了扬眉毛,向他的帮助表示感谢。现在我们的团队有了更强的使命感,对于生存下去的热情回到了每个人的身上,让我们有了前进的动力。

无论这股动力会将我们带往何方。

第 25 章　暴雨

我带领大家穿过树冠层。相对矮小的身材让我不太容易因为踩到不够结实的树枝或者文尼在枝叶间挖出的空洞而掉下去。塔尔西一直想要走在我身边,但我和凯尔文都不允许她这样。他们两个跟在我身后十几步的地方,一直在尽量和我找些话说。

紧密缠绕的树枝和厚实的叶片让我们走在上面还算舒适。有强风吹过的时候,我们脚下的枝叶也会随之轻轻摇动。这让我的胃里不断生出恶心的感觉。我觉得自己就像是走在一艘帆船上,或者在一颗小行星上跳跃。当然,这两件事我都没有做过,不过它们对我而言似乎都不像走在大树顶上这样感到奇异和陌生。

我走到一片凹凸不平的地方。这里有一道很长的山脊形隆起,似乎下面有一根格外粗大的树枝。我一直走在那道隆起上面,这样不仅能走得稳当些,还可以躲开坑洼处的那些温热积水。我尝了一点那些水,又立刻把它吐了。有人建议说可以把它煮沸,然后就能安全饮用。但我觉得那股味道还是难以忍受。

白天出现的文尼少得屈指可数,而且它们都更愿意待在低洼地带,尤其是有阴影的地方。

走过隆起地带之后,我就只能走进一片洼地。我在这里走得非常小心,每一步都是踩稳之后才会抬起后面的脚。就这样安然无事地走过了几片洼地,我才变得不那么保守。

就在这时,我的一条腿踏穿了树冠层。

这一切发生得太快了,我甚至完全没有遇到危险的感觉。先是响亮的木头断裂声,然后我的屁股坐到了地上,一整条腿都挂在一个窟窿里。凯尔文趴下来匍匐向前,把我从窟窿中拽出来。等我彻底安全之后,我才真正知道发生了什么事。不过这让我们全都意识到在这趟旅程中要提防怎样的危险。

在这片比较薄弱的树冠层进行了一番探索之后,我们发现下面有另一条大隧道。我们绕过这条隧道,登上另一道隆起,然后停下来喝了些水,吃了一些炸弹果。

大家吃饭的时候,凯尔文收集起我们的全部绳索,开始将它们接在一起。我有些好奇地看着他将这根长索的两端分别结成圆环,打了一系列复杂的结。

我喝下两口水的时候,他走过来,给我看他的创作。

"这是什么?"我问。

"你的新缰绳。"他举起绳子,用力拽了几下,向我展示他的想法,"绳子两端分别系在我们身上。"

"我没事,"我对他说,"刚才只是个意外。而且这东西会让你跟着我一起掉下去。"

他将我上下打量了一番,笑着说:"我可不这么想。"

"他应该系上绳子。"塔尔西从我手中拿走水囊,喝了一口。

"好吧。"我知道最好不要和他们两个争论。于是我举起双手,让凯尔文将绳圈套在我的腰上。他把绳圈抽紧——我从勒紧程度上能感觉出他的心情大概介于紧张和偏执之间。然后他将另一端的绳环套在了自己身上。

检查过绳结之后,他抬头瞥了我一眼:"不用谢。"

"谢谢。"于是我说道,同时心中感到一阵荒谬。

"不管怎样,尽量不要从窟窿里掉下去,否则你还是有可能被摔死。"

· ✦ ·

大家休息好以后,我们再次出发。在随后的几个小时里,头顶上的太阳将我们从未体验过的炎热洒在我们身上。我脱下衬衫罩在头上。我已经见识过那些在树顶的阳光中只暴露了几个小时的男孩们变成了什么样子,而且他们在上面的大部分时间里,天空中都有云层。

差不多到了中午,文尼开始更加频繁地出现,从枝叶中探出头来,聚集在温热的水塘边,或者不停地咀嚼厚叶片。我们看见的所有文尼都是比较小的品种,和碾压过我们并导致布丽迪死亡的那些大家伙完全不同。

午后,天空出现了一片乌云——灰蒙蒙的巨浪淹没了远方的山峰,翻滚着朝这个方向涌来。我们都认为能下雨是件好事。

卡尔也尝了一点树顶的积水，和我一样认为这些水的味道不对。汹涌而来的乌云应该能给我们补充淡水和遮蔽阳光，但我看到那片灰色巨浪扑面而来的时候，却感到一阵恐惧。尤其是那些穿透黑云的刺目闪电。一场蓄势待发的暴雨可是非常不合我的胃口。

"我们要在大雨到这里之前找到庇护所。"塔尔西对我喊道。我看见文尼们都在四散奔逃，心中不由得也认为我们应该马上按照塔尔西的话去做。

我们加快了脚步。前方天空中的危险让我不再注意脚下，不再仔细找路，也不再用体重测试踏足的地方。经过半个小时莽撞和焦急的行军之后，我突然踏穿树冠层，完全掉了下去。

这一次我没有听到任何声音，只有一片大树叶垂了下去，让我落进一个垂直树洞中。等我听见塔尔西的尖叫时，身子已经撞到了洞底。这个洞差不多有八英尺深。绳子挂住了我的腋窝。我的膝盖跪到了一片枝叶斜坡上。甚至在我感觉到危险以前，一切就都已经结束了。如果说这件事有什么后果，那就是我为自己的掉以轻心感到很惭愧。我站起来，摸了摸身上的擦伤。凯尔文和塔尔西这时来到了我的头顶上方。

"你还好吗？"塔尔西问。

我抬起头。"我没事，只是感觉有些蠢。"

更多的脑袋探到树洞口，大家都聚过来了。

"也许我们应该探索一下这条隧道。"明迪说。

我抓住面前的树枝，向上爬去。

"我觉得我们还应该向前走,直到天黑或者下雨。"

"不过也许这代表了某种迹象。"

"现在你说话就像奥利弗一样了。"

我想要为奥利弗做些辩解,但是当我听到远方的"隆隆"声,身子立刻一僵。

"上边安静点。"我压低声音说道。

有几个人还在悄声争论着该如何应对即将到来的大雨。

"别出声。"我乞求着,同时又爬下去几尺,将耳朵贴在洞壁上。

凯尔文在洞口边上弯下腰,抓住洞壁的树枝,探下头来悄声问我:"是什么?"

我抬了一下手。那不是雷鸣。所以我的第一个念头是又发生地震了。但它的频率又太高,太连贯。上面的人开始因为某种东西而发笑,又把那个声音盖住了。等凯尔文让他们安静下来,那声音却消失了,或者就是微弱到我没办法再听见。我们等了一秒钟,想要看看声音会不会回来,但远方的雷声又让我怀疑是不是真的有那个声音。

"你有没有听到什么?"我问凯尔文。

他点点头,又把头退出树洞。

"是什么?"塔尔西问。

"也许是他的肚子。"凯尔文一边回答,一边向我伸出手,"上来吧。"说完他就把我拽了出来。

◆

又走了一两个小时,树冠层的边缘终于出现在我们的视野中。太阳开始向黑云后面移动。那些乌云越向我们逼近,沉闷的雷声就越发响亮和密集。现在树冠层和暴雨云之间只剩下距离我们最近的大山根部还能看得见。这让我们只能将注意力集中在那些崚嶒堆积的岩石上,以免迷路兜圈子。

"到那边就走到头了。"我停住脚步,等其他人赶上来。我看到卡尔和明迪开始收集文尼爱吃的叶片。另外几个人在记录地洞的位置。

"你确定那里就是边缘了?"豪尔赫眯起眼睛向前望去。

"是的,我能看得到。"塔尔西指着远处说。

"那为什么我们要在这里停下?"

"因为再向前走,树冠层肯定会越来越薄。"我说道,"而且,考虑到这些大树之间空地的面积,我们也许已经走过这棵树的树干了。"

大家纷纷表示赞同。蕾拉的声音中流露出一种恐惧,我觉得很多人都有和她一样的想法:"如果这边没有下去的路,该怎么办?"

"那我们就在这里建立一个庇护所。"凯尔文说,"这里有充足的建造材料,还有食物,水也要来了。我们会继续探索下去,直到有新的发现。"

"说到庇护所,我刚刚感觉到有一滴雨落在我身上了。"

仿佛是在为这句话做注脚,一大滴雨水打在了我们身边的树叶上,发出一记清晰的撞击声。

"我们需要把防水布撑起来收集雨水,"塔尔西说,"我已经快渴死了。"

乌云吞没了太阳的最后一角,黑暗比夜晚更早地笼罩了整片大地。我摸索着凯尔文的安全索,找到绳结,用力把它解开,从脚上退下去,又从腰间解开衬衫,重新穿在身上。现在气温下降得很快。

"我们还是在这里扎营过夜吧。"明迪提出建议。

"同意。"卡尔表示赞同。

雨滴开始敲打我们,我们却耽搁到现在才开始考虑宿营的事情——我不由得骂了一句我们的愚蠢。刚刚我们只是一心想要到树冠的边上来看看,到现在却才开始冷静考虑自己的处境。在我们周围,几十条比较小的文尼开始四处乱爬。我们的这些伙伴似乎对水汽相当敏感。它们的数量变得越来越多,看样子不是在寻找庇护所。

"感觉不是只有我们想要喝水。"塔尔西说。

蕾拉将防水布从背包里拿出来。"我们先准备好收集雨水。"

"它们是分别从不同的洞里钻出来的?还是从一个洞里钻出来的?"我问。

"卡尔和我看见过整整一串文尼从那边的一个洞里钻出来。"明迪指着我们过来的方向说。

"你在想什么?"凯尔文问。

"只是想找出它们的区别。我觉得我们就像是坐在一个迷宫上面。我希望能在探索这个迷宫之前先找到一点线索。"

"我可不想被压扁。"豪尔赫说。

"我要去迷宫里面看看。"萨姆森提出异议。文森特对他表示了支持。他们两个立刻就出发了。不过他们在走之前先留下了收集雨水的防水布和水囊。

"我认为我们应该在它们的隧道附近扎营。"塔尔西说,"如果雨太大,我们可以躲进隧道里。"

我们都觉得这是最好的办法,便跟着那两个男孩向虫洞走去。这时我们的视野范围内已经有数百条文尼在蠕动。塔尔西在我身边看着它们。"它们简直就像是在这里举办派对。"

"是的,"凯尔文递给我们一块防水布的一边,"我只希望它们的成年人没有受到邀请。"

第26章 下树

我们又度过了一个不眠之夜,大雨不停地捶打我们头顶的树叶。我们全都躲进了卡尔和明迪发现的那条大隧道。不过身子下面乱糟糟的树枝和不时爬来爬去的文尼让我们根本无法入睡。

凯尔文和萨姆森到上面去收集了一些树叶,想要把它们当作床褥。但蜡质叶面太光滑,隧道里又有斜坡,所以我们根本无法在上面睡得安稳。就像我们穿过树冠层的那条主隧道一样,这里平缓的隧道底部全都是积水。

为了节约仅剩的电池,我很少使用手电筒,所以夜晚留给我们的只有潮湿和不舒适的黑暗。每当有文尼从下面爬上来的时候,我们中间就会有人发出恐惧的尖叫,其他人则纷纷躲开,让文尼能够一直爬上去。没有人想睡在最下面。文尼总会从那里冒出来。这导致大家都挤在隧道最陡的斜坡上。我们都是一只手抓着树枝,一只手抓住另一个人,在黑暗中悲惨地打着哆嗦。

我们就这样熬了一整个晚上,等待宝贵的太阳升起来。几分钟就像几个小时那样漫长。我们轮流询问身边的人,觉得现在是几点了。然后各自猜测现在的时间。我能感觉到我们的团队越来越不安。对于经过文尼的反应从困扰变成了愤怒。有几次,豪尔赫爬起来,掀起我们头顶的树叶看太阳有没有出来。这样重复了三四次以后,有人要他别这么做了。每一次他探出头,都会让一阵冰冷的小雨落下来。

"我觉得太阳不会出来了,"他说,"我觉得现在已经是早上了。但云层太厚了,太阳根本照不穿。"

我抬起头,能看到他非常模糊的影子。

的确有一点光亮从不知何处透进来。

"我受不了了。"有人说。

"我们需要抓紧机会下去。我宁可走路或者骑文尼,也不愿意继续待在这里。"

"同意,我的屁股都坐扁了。"

这句话让我们全都笑了起来。这种轻快的气氛仿佛唤醒了我们,让我们感到新的一天到来了——或者至少是漫长的一天还在继续。我觉得大家还是对这些隧道心有余悸。也许正因为如此,我们才会在这场难熬的大雨中挤成一团,才会在无害的小文尼经过时也要连声尖叫。

"该死的,"我听见一个女孩说,"我要去看看收集到了多少雨水。"

"我要下去。"卡尔在我下方说,"探索一下这条隧道。"他的口气中带着疑虑,仿佛是在提问,仿佛他需要一些支持。我们全都陷入沉默,等着看他是不是真的会下去。

凯尔文伸手拍了拍我的胳膊,"我们和他一起去。"

我点点头,但现在光线还很暗,凯尔文不可能看得见我的动作。也许是因为我的心志还不够坚定,或者也许是我太焦虑了,没办法在口头上给他虚假的承诺。我们跟着卡尔来到下方的积水处,我们三个可能都在努力伪装出根本不存在的自信。一条文尼从我们身边经过。它也只是在隧道较高处的斜面上爬行,不愿意让身体浸在水里。

"文尼来了。"卡尔回头向我们喊。

现在每一分钟似乎都有更多一点光线从上面渗透进来,但我还是伸手到背包里摸出了手电筒。我将手电筒摁开,光柱照亮了一条和我们两天以前上来时非常相似的隧道。陡峭的斜坡向下穿过一个水洼,转而向上,经过一个平台之后又再次下降。

我骂了自己一句——昨晚其他人想要进一步探索这里的时候我就应该用一下手电筒。这里终究还是有文尼爬来爬去,我们不可能睡得好,但至少在平坦一些的地方我能躺得更舒服一些。如果我们当时能克服自己的恐惧,不要那么害怕文尼就好了。

"这里像是水管工的陷阱。"凯尔文说。他"噗通"一声跳进隧道底部的水洼里。水面刚淹过他的脚踝。

"像是什么?"

"水槽下面那种弯折的管子。"他解释说。

"你这么说我就懂了吗?"我蹚着水来到他身边,不由得因为这里腐烂发霉的气味皱起了鼻子。卡尔已经到了高出水洼的那段平坦隧道里。

"这是为了让雨水不会淹没整条隧道。"凯尔文解释说,"从上面滴下来的水会聚集在低洼处,再从树枝间漏出去。文尼们一定是进化出了把隧道咬成这种样子的习惯。"

"或者它们其实比看上去的更聪明。"我说。一小队文尼向卡尔所在的平台爬过去。我给它们让开道路,但它们只是贴着隧道壁爬行,躲开了底部的积水。

"它们不喜欢把自己的脚沾湿。"卡尔说。

凯尔文和我跟着卡尔继续前进。我用手电筒为他照明。又走了几十步,隧道开始逐渐下降。我们跌跌撞撞地走下去,一直来到一个熟悉的洞口前。再往前就是包裹树干的齿轮状凸出树皮了。

"没错,就是这样。"卡尔回头向我们笑了一下。他的牙齿在手电光柱中闪闪发亮。

"选择这条隧道真是明智。"凯尔文拍了拍我的后背。

我能感觉到自己的脸上一定也有笑容,但我同时还在后悔,如果昨晚我同意下来看看,我们就不会过得那样悲惨了。这时我想到,如果昨晚发生了什么不好的事情,就像布丽妮那样,那也会是我的选择造成的。这让我突然很想把手电筒交给凯尔文,自己则跑回到树顶上去。我想要逃离自己要做的决定,逃离一切关于未来的责任。

凯尔文和卡尔跪在树洞边上,向外看去,完全没有注意到我的恐惧。我在他们背后俯下身,将手轻轻放在他们的肩头,以免他们站起来的时候会撞到我，或者因为被我吓到而掉出去。

在我们头顶上方，沉重的雨滴还在击打树叶，每一下都仿佛敲在紧绷的鼓面上。我们能够看到下方的地面，远比看到彼此更清楚，就好像这个世界的光线散发的方向是从下向上，而不是来自天空。

"我们现在一定是面对山脉，"我说，"树冠层不会遮挡住这个方向的阳光。"

凯尔文和我伸长脖子，想要看到更多一些外面的情况，但一根粗大的树枝从下面延伸上来，挡住了大部分视野。我让手电光柱沿着树枝向上，指向树冠。落下的雨滴在光柱中划出一道道亮线。我们能看到上面挂着几十颗炸弹果。我突然想到，我们在基地感受到的雨不过是真正的暴雨落在树冠层中的积水，又从紧密的枝叶间渗透下去形成的二次降雨。

卡尔离开我们，一直走到下面树皮之间的空隙处，想要绕过那根树枝看得更远一些。还没有走出十几英尺，他忽然回头喊我们："该死的，快过来看看这个。"

凯尔文和我急忙向他跑过去。我们三个人挤在一道树皮裂隙后面。卡尔向下一指。在树冠的边缘以外，不受遮挡的暴雨直接倾泻在地面上。透过灰色的雨幕，黎明时受到云层削弱的阳光从最近的山峰上反射过来，让我们能够看到一些人造的东西。

是殖民地的机器。

距离我们很远的地方，两台车辆正停在一个模块建筑旁边，周围是一圈泥泞。

•◆•

"那里一定就是矿场。"蕾拉说道。这时我们刚刚报告完在树冠下的发现。我们九个人簇拥在这条大隧道的入口下面,吃着从下面收割来的炸弹果,喝着新鲜的雨水。

"我觉得这颗行星肯定有丰富的矿藏。你们说殖民 AI 是不是欺骗了我们?"

"不,"蕾拉摇摇头,"那里可能已经被抛弃了。你觉得殖民 AI 从哪里判断出这颗行星没有必需的金属矿藏?"

"从最初的矿场中。"我说。

"没错。"

"我觉得殖民 AI 在第一个晚上曾经提到过一座矿场。"塔尔西说,"但它说到那里开车也要走几天。"

"也许就是那个地方。如果开车要绕过大树,就不是短时间能到达的。"

凯尔文用手背擦擦嘴,嚼着炸弹果问我:"你们觉得蜜卡和彼得就是朝这里走的?"

"也许。"

"你是什么意思?"豪尔赫问。

"蜜卡对矿藏很有兴趣。"凯尔文回答,"有一天午饭的时候,她和波特谈论过这里的矿物。"他看向蕾拉,"你不是说,她是地理学家?"

"你认为她逃出来是为了寻找某样东西?"蕾拉问我。

我耸耸肩,"我不知道该认为些什么。也许……"我转向凯尔文,打了个响指,"我们之前听到的'隆隆'声,就在我掉进树冠里的时候。我知道那是什么了。"

"一部引擎。"凯尔文睁大了双眼,"一部采矿车。"

"我觉得殖民AI知道蜜卡和彼得去哪里了。如果那部采矿车正开过去,我们就需要马上下去。"

"慢着。"豪尔赫说,"如果殖民AI要去那里,我们就要待在这里,这样才安全。而且我们还没有商量好该如何安全地下去。我们不能再用一天时间走过这些隧道,同时希望不会有另一场地震发生。"

"我要下去。"我没有理睬豪尔赫,转头对塔尔西和凯尔文说。

"这里也一样。"凯尔文说,"我不觉得这里有多安全。我要让自己的双脚踏在泥土上。"

队伍中的大部分人都表示同意。剩下的问题就是我们该如何解决下去时的危险。

"我喜欢那个带上一长串文尼的主意。"塔尔西说,"那样我们就能更容易得到警告。而且在下雨之后,这里足有几百只文尼。"

一滴水砸在我的头顶上。我能感觉到水滴穿过我的头发,在头皮上流动。我抬起头,朝滴水的地方看去。雨中的昏暗晨光终于透过了浓密的叶片。这些水滴折磨了我一整夜,让我脑子里充满了各种彻底的防水方案。怪不得那些文尼也只会走在隧道边上，努力不让自己的身体碰到水……

"我有一个主意。"我说道。

我将大家扫视了一遍，在略带绿色的暗淡光线中，他们的表情还很难分辨。"也许是一个蠢主意。"我承认。

豪尔赫哼了一声，仿佛是在说"不过如此"。

"让我们听听。"凯尔文说。

·◆·

我在将这个计划说出口的时候，就对它进行了修改。一开始，我只是在想该如何让文尼不会进入隧道，随后我的脑子里又冒出了一些疯狂的东西：一个还没有完成就已经让我感到怀疑的计划。其他人却都只是兴奋地要我讲下去，我觉得坏事情就是这么发生的。

这个方案的诱人之处在于我们停留在隧道中的时间会尽可能短，这样我们就不太有机会遭遇另一场可能导致大文尼来碾压我们的地震。有几个人自告奋勇到外面冰冷刺骨的雨中去工作。卡尔用一把砍刀从粗树枝上砍下最肥大的那种树叶。我们其余的人将树叶收集起来，运到下面的隧道中。在那里，凯尔文和蕾拉把它们密集地铺开，形成一层几乎不会透水的表面。

与此同时，萨姆森用另一把砍刀将隧道中凸起在水面上的树枝平台砍掉，让水能够流过隧道。其他人把他砍下来的枝叶丢进下面树干中的螺旋隧道。这样不仅能迅速清除掉这些多余的废物，而且如果我们在大树下找到这些枝叶，还能够得到许多方便的柴火。

我们用了几乎一个小时来完成这些工作。这时其余的人也已经将雨水导流到了通向螺旋形隧道的大洞里。那些一直让我们感到厌恶的积水坑洼现在有了大用处。它们收集的雨水全都被灌进我们的隧道。我们还用木棍支撑起一些叶片的边缘，让更多雨水注入到隧道中。

做好这些事以后，我们又收集起全部大叶片，在已经被改造好的水管工陷阱中会合。女孩们把萨姆森削平的地方全都铺好了树叶，让雨水稳定地在其中流淌。

在雨中工作的人把身上的衣服拧干，其余人则把我们的物资安排好。我们给每两个人分了一片大树叶。凯尔文则单独乘坐一块大防水布，上面还放着我们的大部分物资。

就在我们工作的时候，一串文尼从我们身边经过。它们全都用鬃毛尽可能把自己支撑到高处的隧道壁上，躲避下面的流水——我正希望它们会这样。

我们来到螺旋隧道口，塔尔西和我乘坐第一片树叶下去。这是想出这个愚蠢主意的人得到的荣誉（和风险）。在我们前方，隧道中出现了一条向下奔涌的溪流。我坐在前面，岔开腿跨坐在叶子茎上，双手抓住叶子前端，把它卷起。塔尔西坐在我身后，我们向前滑过去，晃动叶片，让它一寸一寸地前进。凯尔文和萨姆森在后面推我们。

一开始，我们觉得这样做根本不会有用。我很担心我们只会搞得浑身湿透,费尽力气却没有半点收获。我们身后有人因为想要让树叶动起来而发出吃力的呻吟,尽管树叶像蜡一样光滑,下面的木头也有相当程度的磨损,但摩擦力似乎还是太大了。

就在这时,一开始难以察觉的滑动速度开始慢慢加快了。我几乎能感觉到树叶和木头之间的结合力量在减弱。流水开始带动我们。在我身后,塔尔西不再推树叶,而是用双臂抱住了我的腰。我向后仰起身,要凯尔文和萨姆森不必再推了。

我们出发了。先是以走路的速度前进了一段时间,然后速度越来越快。

"喔。"塔尔西紧紧抱着我的胸口,让我喘气都有些困难。我向她靠过去,集中精神提起树叶前端。在我们身边,树皮间的裂隙不断向后掠去。向下凹陷的隧道底部让我们不必担心会滑出去。这棵树实在是太粗了,以至于我们觉得自己是在一条平直的隧道上滑行,而不是在围绕树干走螺旋轨迹。不过我们很快就为滑行的速度担心起来。没过多久,我们移动的速度就变得比拖拉机还要快。我不断观察树皮裂隙以外的环境,好确定自己的方位,但那些裂隙闪过的速度也是越来越快,透过它们看这个世界,我就像是在不停地飞快眨眼。

"我们该怎样停下来?"塔尔西在我耳边喊道。

必须承认,我的计划中还有几个步骤尚未考虑清楚。

我想要伸出脚摩擦隧道壁,但那样做以后,我可能要用一个星期的时间来挑出脚底的木刺。我放下树叶前端,尝试调整树叶的形状，却不知道这样做能有什么实际用处。我继续把叶片展开，让一部分树叶前缘全部没入水中，一大片水花直接砸在我的脸上。塔尔西尖叫着躲在我身后。不过我们的前进速度的确减慢了。我又这样试了几次，然后感觉到有东西从后面撞上了我们，差一点让我从前面掉出去。

塔尔西又发出一阵尖叫。我听到有人在后面叫喊："小心！"

我转过头，看见卡尔和明迪就在我们身后。他们两个的表情半是恐惧，半是兴奋。塔尔西和更后面的蕾拉大声打起招呼，开着彼此的玩笑。

"别嚷嚷了，告诉卡尔，把树叶前端放低到水里，"我向塔尔西喊道，"这样就能减速，让他把这个办法告诉后面的人。"

塔尔西把手放在我的腰上，转过身把这个办法告诉其他人。我又拉起叶片，松开一只手抹去脸上和眼睛里的水。我们很快就又开始加速。我能听到明迪喜悦的喊叫向后退去——卡尔减慢了他们的速度。

"这真有趣！"塔尔西重新抱住我的胸膛高声说道。

我也笑了起来，同时尝试测量我们的高度，判断我们下降的速度有多快。透过树皮裂隙，我能看见树冠层已经距离我们很远了。但要确定和地面的距离也还是很难。我只知道我们已经向下滑了很远。可能下降了十分之一的高度。一队在隧道边上爬行的文尼从我们身边掠过。塔尔西和我倒向另一侧，好避开它们的鬃毛。

"我还想这么做一次！"塔尔西在我耳边尖叫着。

我想到爬上这棵大树的艰辛,摇了摇头。不过我又想起自己在克服了反感和恐惧之后,骑乘在文尼背上的时候是多么舒服。我开始觉得在树冠层和地面之间往返应该也不会很难——然后我想到了地震和巨型文尼,心中重新充满了疑虑。我向自己保证,只要回到安全的地面,我就绝不会再上来了。

我们爬上大树耗费了一整天,但用树叶下来只用了不到两个小时。我看到树皮裂隙外的地面越来越近,便放下树叶前端,让溅起的水花减慢我们的速度。塔尔西有些失望地在我耳边呻吟了一声。

就在靠近隧道尽头的地方,我们遇到一个大水洼。流下来的雨水都汇集在这里。

我们跳下叶片,从身边的树皮裂隙中跳出去,立刻踩了两脚泥浆。卡尔和明迪也紧接着滑了下来,一边还在笑着抹去脸上的水花。我们帮他们从树皮裂隙中下来,一起走到光线昏暗的空地上。这时又有一对儿以更快的速度滑下来,一头撞进水池里,将水花从几道树皮裂隙中飞溅出来。萨姆森和蕾拉从不断向外涌水的树皮裂隙中爬出来,一边喘着气,一边还在止不住地"咯咯"笑着。

我避开雨滴,打开自己的小帆布背包,确认了一下里面的东西都是干的。塔尔西把衬衫下摆拧了拧。她的头发全都贴在了前额上。

我朝山脉的方向望去。从这里无法看到矿场。我能看到的只有一片极其不适合宿营的空地……或者是一趟湿漉漉的旅程。

"我们现在要做什么?"我问塔尔西。

她耸耸肩,又回头向大树看去。"其他人怎么这么久还没下来?"

第 27 章　会合

"我们是不是应该先把营地建起来?"卡尔从蕾拉那里拿过一片树叶。蕾拉又去隧道口拿了另一片树叶,"还是先生火?"

"我们至少不缺水了。"明迪指着不断从最下面几道树皮裂隙中流出来的水。树根周围的苔藓地面已经变成了一个小池塘。

"嗯,说到水,"萨姆森说,"我可不会喝这个。"

"为什么不?"蕾拉将另一片树叶放过来。

"它,呃,不干净。"萨姆森低声说。

"你干了什么?"塔尔西问。

"我好像是尿裤子了……"

"你什么?"

"我们经过第一只文尼的时候,"他嘟囔着想要给自己辩护,"不管怎样,我没尿多少。"

"太恶心了。"

"抱歉。"

"我就坐在你后面。"蕾拉继续抱怨。

"我说了,我很抱歉。"

塔尔西和我一边偷笑着,一边弯下腰整理树叶。

"幸好我们在上面把水装满了。"塔尔西对我说。我们两个分别抓住叶片的两边,把它折成一个倒扣的"V"形遮雨棚,让我们能够有一片干燥的地方摆放东西。不幸的是,这种树叶的边缘太脆太软,没办法撑在地面上。

"我有一个主意。"塔尔西跑过去,拿起卡尔的砍刀,回来锯开贯穿整片叶子的粗茎,将它折断,但还是让叶片的蜡质层保持完整。她让叶片在断口处弯下来,把叶茎的两端撑在苔藓上。硬挺的叶茎果然撑住了叶片,让树叶变成了一座差不多可以让人缩在里面的帐篷。

"不算坏。"我很喜欢这个简洁的发明。

"这哪止是不算坏。"塔尔西的双手撑在腰间,雨水不断从她松散的头发上滴落。我笑着抱住她,享受着我们两个在一起的感觉,丝毫不在意全身浸透了雨水。

"其他人呢?"蕾拉问。

"这是个好问题。"卡尔向大树走去,"豪尔赫和文森特应该就在我们后面。凯尔文在最后。"

我能听出卡尔声音中的忧虑。想到凯尔文,我的心里也不禁泛起一阵惶恐。我离开刚刚搭起来的帐篷,快步向那三个人走去,和他们一起来到靠近树根处的第四道树皮裂隙前。从这里,我们能看到上面隧道中的情形,同时积水也还没有淹到这么高的位置。我向裂隙中探进头,朝上方的隧道望去。从一排裂隙中照进来的阳光形成了一连串有规律的明亮斑块。但在我目力所及的五十英尺坡道上连一个人影都没有。

在雨滴和流水的喧嚣中,我终于听见隧道中回荡起一种"咝咝"声,就像用力呼出的一口气冲过舌头和牙齿。有人在滑下来。

"他们来了!"我回头向其他人喊道。就在我转过身的时候,有什么东西全速冲了下来。我几乎还没看清那是什么,它就撞进了池塘里,激起一片水雾。不过我已经能判断出,滑下来的树叶上没有人——我完全没有看见人那么大的影子。

"这到底是怎么回事?"卡尔问。

漂浮在池塘上的是一条小号的文尼。从靠近树根处的两道树皮裂隙间还能看到它的尾巴。它已经死了。树叶前端被翻起来,用绳子拴在它的头上。

"那些杂种半路上跑去打猎了。"卡尔说。

蕾拉从我们中间探出头,想看看这里到底出了什么事。"真恶心。"她丢下这么一句就退开了。

就在涌起的水浪还不断洒落在我们脚边的时候,我又听见一阵"咝咝"声。我抬起头,看见一片影子向我们冲过来。不过这一次还伴随着人类乘客的喊叫和笑声。

豪尔赫、文森特和凯尔文坐着同一片叶子下来了。豪尔赫灵巧地减慢了叶片的速度,在水池边停下。他们刚从树皮裂隙中跳出来,我就跑过去,给了凯尔文一个湿漉漉的拥抱。

"抱歉让你们久等了。"凯尔文拍着我的后背说。

"没事。"我说道,"我现在真的很冷很饿,完全可以试着吃块肉了。当然,我们首先要把火生起来。"

塔尔西跑上来,接替我拥抱了凯尔文。他们两个紧紧抱在一起。豪尔赫走过来,拍拍我的肩膀,向我微微一笑,然后又走开了。自从逃出来到现在,我还没有见到他有过这样亲切的表示。我相信这是滑下来的兴奋心情造成的。

凯尔文帮助其他人将那只大虫子从一道树皮裂隙中拖出来。他们一边拖,一边因为猎物过于沉重而不断哼哧和咒骂。

"抱歉毁掉了我们的清水。"凯尔文在拖拽猎物的间歇说道。

明迪笑了:"用不着怪自己。萨姆森早就把水弄脏了。"她给后来的人讲了萨姆森的窘事。大家全都放下手里的活计,乐得前仰后合。

只有文森特没笑。他站在一旁,看着不断落下水滴的灰色树冠层。我看见他的样子,和其他人一起停住了笑声,心中生出一丝悲哀。当我们为了还活着而喜不自胜的时候,他能想到的只有布丽妮。

他在原地转了个身,似乎是在树冠层中寻找着什么。

我看到他静静地将落在眼角的雨滴眨掉。

·✦·

"没有用。"卡尔放下砍刀,抹去脸上的雨水。他是第三个尝试点火的——在塔尔西的小帐篷下面,不断让火星落在堆积起来的炸弹果壳上。他也是第三个放弃的。

那只文尼已经在苔藓上被拖过了三十英尺,又被大致清理干净。可能是因为它已经死了,我看着处理它的过程,感觉好了很多——不过也可能是因为我实在太饿了。尽管我知道它被杀死的过程同样不缺乏暴力,但我毕竟没有看到它活着的样子,于是这场悲剧对我来说也变得可以接受,就好像有其他人帮我承担了这份愧疚,从我心中把这种情绪带走了。

无论是什么原因,我们已经从它身上切下了新鲜的肉,用撕开的树叶包裹起来。而我的确有一点想要吃这些肉。但可悲的是,我们现在却没有了火。

"我们还是先去矿场吧,"尽管冷得牙齿打颤,我还是这样对大家说。塔尔西伸手搂住我,揉搓我的上臂,想要让我暖和一些。我们全都又冷又湿,并渐渐意识到如果继续留在这场雨中,我们今天和今晚将过得多么悲惨。

"我们也许应该出发了。"凯尔文说。他用手掌遮住雨丝,朝山脉的方向望去。"谁知道矿场在哪里?"

"绕着这棵树再走一点,然后向前一直走。"明迪随意地说道。

"你在下来的路上看到了?"凯尔文问。

"看到了十四次。"明迪将额头上的发丝拨开,看着我们,"怎么了?你们没有一直注意那里吗?"

"没有。不过我们很高兴你注意了。"萨姆森说。

"那么,大家都能走吗?"塔尔西问。

我们彼此看了一眼。所有人的身上都在滴水,就连那些将帆布和小块树叶顶在头上当作雨伞的人也不例外。尽管我们现在全身湿透，不停地打着哆嗦，依然在为朋友的去世而伤心，但我们的精神要远远好过几天以前建造火箭的时候。大家全都在点头，低声表示赞同。我喝了一口水囊里的水，又把水囊递给塔尔西。豪尔赫走在了第一个，我们开始了这场缓慢、潮湿的绕树旅程，向殖民矿场走去。

· ✦ ·

跋涉了几个小时，明迪不断给豪尔赫指方向，我们逐渐离开树根处，向山脉走去。绕着这么大的树行走，我们需要多注意周围的环境才能发现自己的前进方向改变了。很快，我在雨中隐约看到了一座模块建筑，旁边就是那两台车辆。它们全都一动不动地停着。

凯尔文在我旁边向前探出身子，迎着雨水抬起头顶上的叶片，拍了拍我的肩膀，向前一指。

"我看见了。"我对他说。

大家的说话声提高了，脚步也在加快。我透过落下的雨滴望向浓密的树冠，难以相信我们竟然是从那样高的地方下来的。再向前看，树冠笼罩区域的边缘就在前面。很快我们就能走在天空下的地面上，这点更令人感到惊讶。只不过现在天空中仍然是阴云密布。

午饭时间之后又走了很久，我们终于到达了矿场。大家一直走过来，途中没有任何人提出应该停下来吃东西。一离开树冠覆盖的区域,地上的苔藓立刻就变成了一大片混杂的高草和高大灌木。

在这里能看到一条模糊的泥土路向树林中延伸,也许是通向我们遥远的殖民地。路两旁长满了杂草,将这条路遮蔽起来,显出一幅被荒废的景象。模块建筑和车辆周围有一小片空地。上面的植被都被清理掉了,夯实的泥土地面让我想起了基地。

我们径直向那个模块走去,希望能够在里面避雨。有几个人还没到模块近前就喊起了蜜卡和彼得的名字。

豪尔赫停在模块门前,摸索了一分钟,又转回身看着身后不断滴水的卡尔。

"锁上了。"他说。

凯尔文和我绕到模块的另一边,想要找到窗户或者另一扇门,但那里什么都没有。

"我们至少可以躲到那些车辆下面。"塔尔西追上我们。

等我们三个绕过模块的时候,我们看见另外几个人也想到了同样的主意。我们和他们一起躲进一辆采矿车下面。这种履带车辆的底盘要比我们在基地的轮式拖拉机低得多。

"也许他们没有到这边来。"明迪说。

"有什么办法能把门打开吗?"卡尔问。

凯尔文用拳头敲了敲采矿车的底盘,"我们可以用这个。"

"当作庇护所,还是打开模块?"

"也许两者都可以?"

"我去看看这台车有没有锁住。"我说着爬回到雨中,又转回身,把头探到采矿车下面对他们说:"如果有什么动静,不要乱动,我不会把它开起来的。"

采矿车下面传来一阵紧张的笑声。我来到采矿车的梯子前面,用紫红色的手指抓住光滑的横挡,爬了上去。

当我登上驾驶室旁的踏脚,一股思乡的愁绪突然充满在我心中,或者至少是一种极度熟悉的感觉。这台矿车的上层结构和我们的老拖拉机一模一样,站在这里,我立刻被勾起了无数回忆。

我试了试驾驶室的门把手,发现它被锁住了。我用双手遮在眼睛两侧,贴到门板的玻璃窗上观察操作台,想要找到亮起的指示灯或者任何操作痕迹。我们也许能用石头把窗玻璃砸碎——我转过身,看看周围泥土中有没有大块的石头。

就在这时,我看见彼得向我们跑过来。

我急忙下了梯子,到了最后几级横档的时候就直接跳下来,朝他跑去。

"波特!"他马上就认出了我。

我抓住他的胳膊,兴奋地看着他。他身上刚刚落了一点雨水。"蜜卡在哪里?"我问他。

"在矿井里,那里是干的。她……"他摇摇头,越过我向采矿车看去。"还有谁和你在一起?朱莉在么?是殖民AI派你们来的?"

我摇摇头,"我们不是殖民AI派来的。我们是逃出来的,就像你们一样。"我想到他的另一个问题——朱莉是我们之中职业最接近于医生的。"蜜卡还好吗?"我拽着他向采矿车走去。

"她在树冠上跌倒,伤了胸部。她……好吧,我先带你们到矿井去。朱莉……?"

"她没有和我们在一起。"我说道。我们探头看向采矿车下面。大家看到彼得,金属底盘下面立刻响起欢快的叫喊声。我帮塔尔西钻出来,其他人也都跟着出来了,大家轮流向彼得问好,也将我们身上的一些泥巴和水留在他身上。

"蜜卡在哪里?"有人问。

"收拾好你们的东西。"彼得说,"我们去矿井里,那里是干的。这边走。"他说完就快步走进了大雨中。

我们踩着泥地跟在他身后。我有意跑过几个水洼,好洗掉脚趾间的泥土。塔尔西和凯尔文跑在我身边,凯尔文跑得很吃力,因为他的背包里装满了沉重的文尼肉。

在距离那片开阔地几百英尺的地方,草丛中冒出一小片岩石高地。我几乎看不见有什么矿井,只是因为跟着彼得,才很容易就找到了矿井的入口。

矿口开在黑色的岩石上,看上去是一个更加漆黑的长方形,就像在一片影子上投下了一块更深的影子。靠近矿口的时候,我能看到采矿车在这里切割出了一个完美的方形洞口。我们急忙跑进去。矿口的积水一直没过了我们的小腿。然后我们登上了一条平缓向上的斜坡。走过斜坡之后,矿道又水平向前延伸了一段,然后开始一直向下。

在水平矿道中有一堆熄灭的火。一点青烟从灰烬上冒出来,但看不到任何光亮。一个人平躺在火堆旁。我摇摇头,拽起衬衫,拧干雨水,然后才向蜜卡走去。凯尔文和塔尔西跟在我身边。其他人还在水池中洗去脚上的泥巴。

我们三个来到蜜卡身边。她闭着眼睛,双手按在胸前。彼得在斜坡上看着我们,其他人向他提出一连串的问题。他们的声音连续不断地回荡在隧道中。

蜜卡的眼睛稍稍睁开了一点,看了我们一眼,立刻将眼睛睁得老大。"凯尔文?波特?"她的声音和耳语差不多。

"出什么事了?"我跪倒在她身旁。

"我觉得是断了一根肋骨。"她咳嗽了一声,肩膀弓向背后,胸部从她身下的草垫上抬起了一点。她在压抑身体的痉挛,而她脸上痛苦的神情让我也不禁瑟缩了一下。我将双手放在她的一只手臂上,向彼得转过头,看见他已经离开众人,向我们跑过来。

"到底发生了什么事?"凯尔文问。

"在树冠上掉进了一个洞里。"蜜卡用嘶哑的嗓音说,"我本来以为只是有些瘀伤,但情况越来越严重了。"

彼得将一只水囊递到蜜卡唇边。蜜卡勉强喝了两口,就挥手示意彼得可以了。

"如果皮肤不破,也会感染么?"彼得问我们三个。

我耸耸肩。

"我不知道。"塔尔西说,"但她体内有可能发生很多事。"她将手探到蜜卡的衬衫下面,把衣服掀起,露出蜜卡的肚子和胸部,随后就松手放开蜜卡的衣服,用手捂住了嘴——我们全都被眼前的景象惊呆了。

我们对营养不良已经习以为常了。但蜜卡看上去就像是好几天都没有吃过东西。她的肋骨仿佛一只笼子,身上的肌肉全都凹陷了下去。这时蜜卡痛苦地吸了一口气。我甚至以为会看到她的脊椎骨突出在干瘪的肚子上。她胸部的严重挫伤已经变得非常可怕——让她的一侧身体变成了斑斓混杂的多种紫色、黑色和红色。看上去,就好像这片瘀伤有了生命,正像病毒一样在蜜卡的全身扩散。

"这可不止是骨折。"凯尔文说,"你摔了有多远?"

蜜卡转过视线看向彼得。彼得向凯尔文瞥了一眼。"十英尺?也许更深?"

凯尔文向我瞪了一眼。毫无疑问,他是在说,如果我的运气不够好,就会变成蜜卡这种样子。

"我不知道该怎么办。"彼得说,"看见你们的时候,我还以为是殖民地派人来带我们回去。我有些……我真的希望你们是……"

蜜卡挥挥手让他别说了,然后又开始咳嗽。这让我们全都紧张起来。随着她身体的每一次抖动,骨头和瘀伤仿佛都在她的皮肤下面搅动。彼得将手放在她的脖子下面,把水放在她唇边。这时又有几个人走过来,告诉我们火没法点着。蕾拉蹲下来,拍拍蜜卡的脚,悄声向她问好。

"你希望什么?"我问彼得。

"你们会带我们回殖民地,给她治好伤。"彼得说。

"我宁可死在这里。"蜜卡哑着嗓子说。

我看向火堆。现在那不过是一堆有些烟灰的草。在树冠区域以外的地面上有一些灌木丛,其中似乎包含着一些木质部分。但它们也全都被雨水浸透了。我们需要干燥,需要一些食物,还有休息。

"我不会让你死在这里,所以,不要说这种话。"彼得对蜜卡说,"现在你不应该说话。"他轻轻将蜜卡的衬衫拉好,转向我们,"如果你们不出现,我正在想打破采矿车的门进去,用那里的无线电告诉希克森可以在哪里找到我们。"

蜜卡摇摇头,但什么都没有说。

"希克森可能会给她治伤,也有可能会杀了她。"凯尔文说。

"我们需要先把火生起来。"我换了一个话题,"让大家都把身体烤干,再给她弄一些正经的食物和水。"

"正经的食物?"彼得仔细审视我的脸,"你们找到炸弹果以外的食物了?"

"文尼肉。"凯尔文将背包转过来,拿出一块用树叶包好的肉。

"你们说的'文尼'就是那种满身是毛的家伙?"彼得又问。

凯尔文点点头。"我们用文森特的名字给它命了名。当然,你也可以直接叫它们大屁股毛毛虫。"

"你们讨论命名学问题吧,我要去生火了。"我向凯尔文伸出手,"我需要你的砍刀。"凯尔文调转刀柄,把刀递给我。

"你能找到干木头吗?"他问我。

"我希望那些树枝只有外面是湿的。我要砍些小树回来,把它们的皮剥掉。"

"好主意。"凯尔文说,"我给你帮忙。"

"那么,我去树冠下面找些炸弹果回来。"塔尔西说,"我们需要果壳来引火。"

我向矿口外面的大树看去。塔尔西到树冠边缘再回来至少需要一个小时。我不太想让她去,却又知道她是对的。于是我只好不情愿地点点头:"找人和你一起去。"

塔尔西微微一笑,亲了一下我的面颊。凯尔文和我走下水平矿道,在水池边和男孩们会合。然后我们一起蹚水出了矿井,回到大雨中。我们现在一心一意只想救蜜卡,完全忘记了自己的潮湿、寒冷和疲惫。

在急切的心情中,我还忘记了另一件事,就是我在树冠层听到的引擎声。现在那声音正缓慢而稳定地绕过大树,向我们驶来。

回到我们的根源

第三部 PART 3
BACK TO OUR ROOTS

第28章　隧道

火焰跳跃着，向上伸出一根根火苗，将黑影投射在这座废弃矿井的墙壁上。我们两个用尽可能快的速度剥掉树皮，却还是几乎跟不上火焰燃烧的速度。与此同时，一群一同赤身裸体诞生在这个世界上的人正在努力克服人类文化最根本的禁忌，脱下衣服来在火边烤干。我们将衣服挂在篝火旁的湿树枝上，又用削尖的小木棍穿起文尼肉放在火上烤。烤焦蛋白质的香气充满了整个矿井，让人很难等待肉块被完全烤熟。

一块烤肉被递到我面前，我放下砍刀和心中的犹豫，贪婪地吃了起来。内啡肽涌进我的大脑，给我带来了令人头晕目眩的喜悦。有了肉食、温暖和热水，蜜卡似乎也振作了一些。彼得无微不至地照顾着她，以至于直到被大家一再催逼，他才吃了些东西，喝了些水，同时他还在不断叮嘱蜜卡，肉要一小块一小块地吃，要慢慢咀嚼。

塔尔西在晾好湿衣服以后，过来帮助凯尔文和我削树皮。我不由得注意到凯尔文偷瞄塔尔西赤裸身体的样子，同时发现我也在不停地偷瞄凯尔文。在我的心里，嫉妒变成了尴尬和兴奋。

"真可惜,我们不能留在这里。"塔尔西跪下来,将双臂抱在胸前,"殖民AI迟早会来找我们。你们不这么觉得吗?而且,如果基地要完成建造工作,他们也许还会恢复在这里采矿。"

"我同意。"我说,"我不想再逃跑了,但等到雨一停,蜜卡感觉好一些,我们就要离开这里。"

"我们也许只能抬着她走,"凯尔文说,"我觉得……"

"有车!"有人在外面喊。我们向矿口望去,看到卡尔朝我们跑过来。他从树枝上抓起一件衬衫就往身上套。"有一辆车正从殖民地那边朝我们开过来。"

我们纷纷穿上衣服,吃光自己的食物。我拿起一只水囊,向篝火看了一眼。犹豫一瞬之后,我还是满心遗憾地把火浇灭了。凯尔文也同样浇灭了蜜卡身边的火堆。

"我们需要到矿道深处去。"卡尔说。

"这里到处都是我们的痕迹。"蕾拉说,"他们肯定能知道我们在哪里。"

"那些痕迹都是我们以前留下的。他们也许会以为我们已经走了。"

"你们走吧。"彼得说,"蜜卡和我留在这里。我想让她能得到一些治疗。"

蜜卡想要争辩,一张嘴却又开始咳嗽。她的喘息和喉音无不显示出她正在遭受着令人心痛的折磨。

"我们可以抬着她走。"我对彼得说,"和我们一起走吧。"

"你们走吧。"彼得摇摇头,"我们从没有见过你们。这里和外面的痕迹都是我弄出来的。"

我们能听到车辆驶近的声音。引擎稳定的轰鸣如同缓慢移动的雷声越来越近。塔尔西跪倒在火堆旁,把手电筒重新组装好——刚才我拆散了手电筒,把所有零件也都放在火边烤干。手电筒被打开,射出一道明亮的光柱。她将手电筒递给我。所有人都在收拾自己的东西。我注意到他们再一次将注意力集中到我身上,仿佛我知道该如何领导他们。

"走吧。"彼得对我们说。

"你和他们一起走。"蜜卡哑着嗓子对彼得说,"别管我了。"

彼得看了我一眼——他眼神稳定,下颌的肌肉绷紧,这让我明白,现在和他讲道理没有用。无论我还是蜜卡都不可能说服他。我弯腰吻了一下蜜卡的头顶。彼得向我伸出手,我握住他的手说道:"不要做蠢事。如果他们不找过来,不要主动去找他们。我们会带你们离开这里。"

"就让他们决定我们的命运吧。"彼得点点头。

"谢谢。"我很感谢他愿意做出妥协。

我抓起背包,转身与其他人会合。我们全都向矿井深处跑去。我一边跑一边用手电筒为大家照明。手电光柱在黑暗的隧道中不停地晃动。在我们身后,车辆行驶的噪音越来越响亮,引擎轰鸣声充满了岩石隧道,造成强悍而愤怒的震响。我们快步飞奔,沿着隧道进入地下,尽可能拉远我们和追兵的距离。

当引擎声突然停止,随后而来的寂静让人觉得就像刚才的

"隆隆"声一样危险。我们也停止了紧张的交头接耳,只是尽可能快速和安静地移动。我不时会回头看一眼。从矿口射进来的光线已经被那段位置较高的水平矿道挡住了。不过我还是有些担心手电筒的光会引起那些不速之客的注意。无论是谁,现在只要向矿道深处看一眼,肯定能看到跳动的光柱在洞壁上的反光。我用手捂住电筒头部,只让一部分光从手指缝里透出来,能为我们照亮脚下的路就行。我感觉一双手搭在我的肩膀上。我们的团队用这种方式连在一起,一同前进。

我不时会照一下旁边的墙壁,想要找到岔路或者凹洞,让我们能够躲藏进去。但矿道两边什么都没有。在我们的正前方,黑暗仿佛在无限向前延伸。一股冷风吹到我们脸上,就像大山呼出的气息。

我们听到身后传来一阵喊声。那声音持续了很久。我知道蜜卡和彼得被发现了。随着我们逐渐深入前方冰冷可怕的黑暗,我不断提醒自己,危险在后面。但这种想法已经越来越难以维持。我们的脚底拍击地面的声音如同在我耳边炸响的雷鸣,我想象这声音一直传出去,被那些殖民AI派来的人们听见。我开始怀疑我们是否应该停下来,安静地等待,只有在听见追兵过来的时候再逃跑。我转头将这个想法悄声说给凯尔文,却完全没有注意到前面的矿道突然折向了下方。

如果不是凯尔文和塔尔西看到不对,把我向后一拽,我很可能就一头撞进了那个深坑。随着我们三个倒在地上,大家全都停了下来。有几个人和我们撞在一起,倒成了一堆。有的人在咕哝,有的人在低声抱怨,结果又引来其他人用"嘘"声要求他们保持安静。我们爬起来。我用手电照向地面,朝前面摸索过去。

平整的矿道地面在前方突然弯曲向下,形成一个很大的洞口。我来到深坑边缘,用手电向下照去。矿道向下延伸出一条陡峭的弧线,底部在大约十二英尺深的地方,能看见一个宽阔的空间。凯尔文也在和我一起向下看。我轻敲他的背,朝下方一指,然后朝边缘外抬了一下腿。他拍一下我的手臂,指了指手电筒。我点点头,把手电递给他。他为我把下去路照亮,同时用手遮在手电筒上面,以免有太多光亮暴露我们。我开始向下爬去,半滑半跌地来到坑底,然后转过身挥了挥手。塔尔西随即快步跑了下来,被我用双臂接住。

我们两个又接住了随后下来的两个人。大家都急着想要离开上面的矿道。凯尔文是最后下来的。他飞快地迈动两条腿,好跟上自己身体下落的速度,脚底板拍击在岩石上发出响亮的声音。他将手电筒还给我,我照了照周围。

这里的地面似乎是一个半圆形的凹陷,和之前的矿道不同,这里没有任何直线边缘。手电光柱照在我们对面的墙壁上,我看见另一片向上的弧形斜坡,上面则是继续向前延伸的方形矿道。不过对面的矿道开口没有我们背后的距离地面那么远。

我冒险露出更多手电光,照亮了矿道口上方,发现那里的墙面也呈现圆弧形一直延伸到洞顶。我们正站在一个被矿道穿透的圆柱形洞室里。一股冷风从侧面吹来,我将手电筒指向那里,才看出这根本不是一个洞室,这是一条正圆形的隧道,肯定不是天然形成的。倒是和我们在大树上找到的那种隧道奇异地相似,只是大了很多。

大了非常、非常多。

有人在我身后骂了一句。大家挤在一起窃窃私语,语气中充满了畏惧。我觉得我们仿佛正站在一辆飞驰而来的矿车前,即使一动不动,也随时可能会送命。回荡在上方矿道中的喊声表明危险正在迅速逼近。我转过身,用手电筒照亮了圆形隧道的另一个方向,害怕那里藏着什么还没有被我发现的东西。

那里的确有东西。不是怪物,而是一道闪光——是手电光柱的反射。人群中传来更多低语声,随后又是一阵要求安静的慌乱"嘘"声。凯尔文抓住我的手腕,将手电光对准那个反光的物体。我们全都向前走了一步,为堆积在那里的黄金感到惊叹——许多由黄金卷成的粗大圆柱体,足够做成成百上千只桶和碗。这堆黄金的体积比我们所有人加起来还要大。

凯尔文走上去摸了摸那些金子。我禁不住低低惊叹了一声。

就在这时,一声枪响沿着隧道砸在我的耳膜上。

第29章　你的同伴

枪声回荡在岩石之间,显得清脆震耳。我们全都下意识地伏低身子。我用手遮住手电筒,屏住呼吸,等待第二声枪响——但随后只是一片寂静。

凯尔文抓住我的肩膀,他的呼吸直接吹进了我的耳朵。我听到他用微不可闻的声音说:"没有跳弹。"

我用了一点时间才理解了这可怕的逻辑。我的胃也因为恐惧而开始痉挛。我从黄金前转过身,缓步走过震惊的同伴,回到两条矿道之间,在那条通向矿场深处的矿道下方停住脚步,等待凯尔文和其他人跟上来。

我们聚在一起,仍然是有人悄声议论,有人用"嘘"声示意大家不要说话。而远方的寂静被引擎发动的声音打碎了。随着车辆进入矿道,引擎轰鸣的声音也变得越来越高亢和具有穿透力,就像刚才的枪声一样。塔尔西来到我身边,从我手指间渗出的昏暗光线照亮了她脸上的忧虑。我指着弧形洞壁上的方形矿道口。已经有几个人试着要爬上去了。

凯尔文爬到了弧形斜坡的高处,但他没有登上矿道,而是转回身,示意塔尔西上去。我一只手将塔尔西向上推,另一只手举着手电为她照明。我们一起将塔尔西送到了矿道口上。塔尔西蹬了几下腿,把自己拽了上去。

我又抓住明迪,和凯尔文一起把她送上去。其他人也都开始了同样的合作。

塔尔西低声向我们说了些什么。但逐渐逼近的引擎吼叫声让我们什么都没有听到。

"这里没有地方了。"明迪清楚地告诉了我们。我回头瞥了一眼,看见越来越亮的光线正从我们过来的隧道中散发出来。看上去像是火光,而且逼近的速度非常快。我转回头,忘记了谨慎,将手电尽可能举高,照亮了我们努力想要上去的矿道口。

塔尔西骂了一句。

她身后是成堆的大石头和一些扭曲的金属板。我一只手按在凯尔文肩上,把自己推高一些,努力想要看到那里都有什么。现在爬上矿道口的只有明迪和塔尔西。她们也跟着手电光柱转过身。在她们后面全都是大石块和零星的机器碎片。

尽管那部机器已经变成了一堆废铁,但我还是立刻就认出了它,也许是因为越来越近的引擎声给了我提醒,我知道我们正在看着一台被掉落岩石砸坏的采矿车。我能看到这堆废墟后面有一条路。但爬过废墟需要时间。那里一次只能爬过一个人,而且还必须小心被碎金属板割伤。

凯尔文突然把我拽下去,又想要抢我的手电筒。我本想将他推开,但很快我就注意到我们身后的亮光。引擎声和车头灯照在岩石上的反光让我们知道,我们没有太多时间了。

我转身想要让塔尔西和明迪回来,但她们正在把另一个人拽上去。我们开始相互喊叫。车辆行驶的噪音这时已经变得非常响亮,让我们以为追兵不会听见我们的声音。我们之中有半数人喊叫着要爬上矿道口;其他人则坚持要从圆形的大隧道逃跑。而他们在选择逃跑方向上也无法达成一致。我同样在选择中犹豫不决。

当车头灯照到我们身上的时候,明亮的光线就像是一把钢刀切开了我们的争执。我们的想法和计划全都烟消云散,剩下的只有逃跑的匆忙。

有人把我拉下了斜坡。我们的赤脚拍打着岩石,分别朝隧道的两个方向逃去,就像是晚上突然亮起的灯光下乱窜的虫子。

我关上了手电筒。我们跌跌撞撞地在黑暗中飞奔。有人在我前面被绊倒,发出一声咒骂。我们放慢脚步,用双手摸索。我摸到了一个冰冷光滑的大东西。车头灯的光亮洒过来,照到了……

更多黄金。

摔倒的是豪尔赫。他躺在黄金堆的另一边,抱着一只脚,还在低声骂着脏话。逃过来的几个人都簇拥在他身边,想要扶他起来,把他拽进隧道深处的黑暗中。我们这边只有四个人。其余人逃到另一边去了。

远处有人在引擎的咆哮声中高喊:"停下!停下!"

我们的身子僵住了,每一个人都如同雕像一样纹丝不动。

随着喊声的持续,明亮的灯光充满了我们身后的隧道,照亮了圆弧形洞壁和被封住的矿道。随着一阵尖厉的刹车声,灯光先是向下一落,然后又向上扬起。我意识到那喊声不是冲我们来的。是有人在命令刹车——以免车子一头撞进圆形大隧道里。

恐慌的情绪过去之后,我们这几个人爬上了车头灯照不到的弧形斜坡上,躲藏在黑暗中。

我们听见有人在引擎空转的声音中喊道:"我说'停',你就必须停下,混蛋!"

然后又有另一个人说话。是其他殖民者。他们的声音在我心中勾起一种复杂的情绪——惶恐中又带着许多熟悉。

随后是门扇被猛然推开的声音——又是一个熟悉而奇异的声音。我们在殖民地的生活仿佛已经是上一个人生的事情了。

"我受不了你了。"另一个人喊道,"我早就看见前面的大坑了。"

"把引擎关掉!"

"你打算测试电池会不会停电吗?我们有好几吨的燃料。我不想让眼前一片漆黑。对面的隧道被堵住了。"

"要去那边,我们只能爬下去。"从车头灯的光线中又冒出一根手电筒的光柱。它转向我们,让我们朝斜坡更上方爬去。"也许他们是从这条大隧道跑了……"

"等等!我刚刚看见有什么东西在那里动了一下。"

手电光柱停下,又向回转。我努力回忆那是谁的声音。听起来尤其让我感到熟悉。

"在哪里？"另一个人问。

"就在正前方。"

"你确定那不是影子？"

"影子不会自己动，你这个白痴。嘿！那边那个！我以殖民AI的名义命令你出来！"

是奥利弗。

我完全无法相信会是他。我也无法相信奥利弗竟然会让我如此恐惧。我一直都认为自己害怕的只有希克森，现在我却能够在嘴里尝到惊慌的味道。不过我也在想，是不是应该为此而松一口气。在我爬出围栏抛弃掉的所有那些殖民者中，关系和我最亲密的就是奥利弗。当然，这也有可能让他最无法接受我的背叛。我的离去在他看来很可能像是背弃了他所崇拜的那些神明。

一只手紧紧握住我的胳膊，这种对奥利弗声音的反应让我知道身边的人是凯尔文。我们的小团队从一个本就不大的集体中分裂出来，现在又分散成了几支。

"快出来，否则我开枪了！"奥利弗喊道。

随后是一阵低沉的轰鸣。我的第一个念头（后来回想起来，那实在是很疯狂）是我的肚子在叫，我们暴露了。然后我又担心是塔尔西和明迪不小心碰到碎石发出了声音。但我也不知道她们是不是还在上面的矿道里。我只能咒骂自己竟然让团队在这个时候分散开。而那种轰鸣声变得越来越响，墙壁也随之开始震动，让人感到心惊胆战。

我向身边黑漆漆的圆形隧道中看了一眼。从远方传来的似乎是碾碎岩石的声音。在我身后又传来一声枪响,让我全身的每一条肌肉都在痉挛中绷紧。我们四个人挤到一起,全都扑倒在地上——不只是因为枪声,还是为了不要摔倒。我们脚下的地面在晃动,引擎的空转和奥利弗的喊叫全都被新的声音淹没了。

我向灯光转回头,看到枪口火光一闪,紧接着又是枪声震响。射出的子弹击中了对面矿道上方的石头。

在越来越响的轰鸣声中,另一个声音喊道:"这是最后的警告。赶快出来!我们看见你们啦!"

塔尔西和明迪从藏身的废墟后面站起身。从我们的角度,我只能看见她们的头和肩膀。她们都将双手举在耳边。

"到这边来。"一个殖民地的男孩喊道。

我看见塔尔西的头向左右转了两下,朝大隧道两端看了看。她在找我们,但在殖民地的人眼里,她的动作很像是表示拒绝。

"到这边来,否则我开枪了!"那个声音坚持道。

"你们感觉不到地震吗?"奥利弗向塔尔西喊,"这是众神在警告你们,要听从我们的吩咐!"

轰鸣骤然间变得更加响亮,随之而来的震动仿佛在证明他专横的命令,为他增添了一种疯狂的可信性。我又向黑暗的隧道中望去,感觉一阵冷风吹过我的面颊。一个明确的想法出现在我的脑海中,给我带来一种令人胆寒的震惊。

正在过来的不是地震。

第30章　挖洞

充满压迫感的轰鸣声在迅速逼近，我能听到许多碎石落在地上。在我的另一边，矿车旁边的两个人相互喊叫着，又冲塔尔西和明迪叫嚷，说他们要开枪了。我们挤在一起的四个人都已经意识到有什么东西正在朝我们冲过来，却被困在恐惧中，连叫一声都不敢。凯尔文抓住我的手臂，在向我说些什么。我却在一片喧嚣中什么都没有听清。所有这些声音里最大的就是我自己的脉搏在耳朵中的震响。

我挣脱他的手，现在首先要做的就是逃跑。

"奥利弗！"我跟跄着跑到灯光中，抬头看向巨大的矿车。那台矿车上亮着三盏头灯，映出车前面两个人的轮廓。除了他们手上偶尔闪动的金光，那两个人完全是黑色的。他们的枪立刻就转向了我。

"不要开枪！让我们上去！"我转身招手，让跟着我的人出来。我必须弯曲膝盖，将双脚分开——地面的震动越来越厉害了。"这不是地震。"我向奥利弗高喊，也是在告诉其他所有人。

对面隧道中的一个女孩喊了一声。我们的人纷纷走出来，和我一起站在灯光中。奥利弗身边的人开始向我们喊叫,用手里的黄金枪上下比画着。我终于认出了他的声音,是罗杰斯,一名来自辅助团队的执法者。

"罗杰斯,奥利弗,"我喊道,"有东西正在过来!"我指着隧道说。三个人从隧道另一端的黑影中跑到我面前,是蕾拉、卡尔和萨姆森。他们开始朝矿车所在的矿道上爬,但两个执法者却在高声喝止他们。

"回去!"奥利弗用枪指着我们,枪口不断晃动。我转身去看另一边矿道里的塔尔西和明迪。她们仍然把双手举在耳边。从矿道顶洒下来的沙尘不断落在她们周围。地面的颤抖正在变成剧烈的震动。车头灯的光柱里能看到许多灰尘形成的亮点。到处都有碎石粉末在洒落。

"快离开那里!"我指着两个女孩身后的石头堆,向塔尔西高喊。

"谁也不许动!"奥利弗吼道。在巨大的岩石碎裂声中,我们几乎听不清他在喊什么。又是一声枪响,那些想要爬上斜坡的人全都倒伏在地上,用双手抱住头。我在原地转了个身,到处都是混乱和噪音。恐惧把我固定在原地。我感觉自己被困在同时发生的几个危险中央,而那个可怕的轰鸣正在变得越来越响亮。

"奥利弗,让我们上去,我们不会捣乱,我发誓!"

那两个黑色的人影开始交谈。显然,他们害怕我们这么多人反而会将他们打倒。我转过身,希望看到塔尔西和明迪趁乱离开那堆废墟,但她们依然一动不动。一块石头从洞顶落下来,就砸在我身旁。奥利弗喊叫着命令我们都不许动,直到地震结束。我周围的所有人都向他高喊,说这不是地震。甚至有几个人疯狂地冲向矿道,想要离开这条圆形隧道。

一颗子弹射向他们的脚边,让他们不得不停下来重新考虑。我能从几双眼睛里看到了决心——他们要团结在一起冲向那两个执法者,不管他们会不会真的开枪。现在留在原地很可能只会更危险。

震耳欲聋的咆哮声打碎了所有这些想法。一个毁灭的圆形突然撞穿了奥利弗和罗杰斯身边的石壁。出现在我眼前的是一圈又一圈同心圆环,闪耀着钢铁的光泽,不断震动和相互摩擦,那些圆环是……活的!

车头灯前的两个黑色人影转身开火。他们的子弹击中那些闪烁金属光泽的圆环,弹开了。

奥利弗僵立在原地。罗杰斯向后退去,用手电筒照亮那个生物,给那个不可思议的金属巨怪投下一片超现实的光晕。矿道的地面在巨怪的撞击中向上掀起。奥利弗随之晃动了一下。我看到他的手臂在慢动作中挥起,一道闪着金光的弧线从他的手中飞出。他失去了自己的枪,然后是身体的平衡。

他仿佛在罗杰斯的手电光柱中跳舞,但舞台已经倾斜。一块大石头落向巨怪。奥利弗将双手举到面前,仿佛是要抗拒不可阻挡的命运。用来凿穿岩石的钢牙咬住了他的手,仿佛在把他吸进去。

他的身体炸开了。先是皮肤被扯掉,身体组织脆弱的连接如同儿戏一般被撕碎。裸露出的脂肪和肌肉很快也被拽进了不断旋转和研磨的凶残大口中。鲜血喷洒而出，在骨骼被磨碎的同时变成一片红雨落在地上。

然后，奥利弗就……没有了。

奥利弗只剩下了一点痕迹，一个记忆，一个还存在于我脑海中的印象，但在现实世界里已经不复存在。金属巨怪在咆哮声中又穿透了对面的石壁，丝毫没有减慢速度，仿佛根本没注意到刚才自己做了什么。在钢齿再次咬碎岩石之前，它又遭遇到另一个柔软的皮囊。不过这一次那个皮囊没有进行任何抵抗。无非是血肉而已，几乎和空气一样难以察觉。

矿车同样被它撞成了一堆碎片。变形、崩坏的机器发出一阵呻吟和尖叫，甚至穿透了巨怪通过时的"隆隆"声。而罗杰斯的惨叫完全被淹没在这一阵轰鸣之中。他的生命就像他手中的手电筒一样眨眼间就熄灭了。

我们这些待在旧隧道里的人只能不断后退，远离那段会移动的金属在我们面前暂时形成的墙壁。那只巨怪是一个由无数流动的金属板组成的巨型圆柱体。钢铁和钢铁相互交叠、摩擦，发出刺耳的尖鸣。我拼尽全力呼喊奥利弗，却只能在脑子里听到自己的喊声。铁石交鸣的风暴淹没了这里的一切。

这个地狱般的场景没过多久就结束了。我们被丢在黑暗中，只有远方还在传来逐渐消逝的雷鸣。我发现自己躺在地上，却不记得是什么时候摔倒的。我在一片漆黑中摸索我的手电筒。这种绝对无光的环境就像一天前那片耀眼的蓝色天空一样令人头晕目眩。我觉得自己比瞎了更糟——我仿佛受到了诅咒，连虚无都看不到了。

我们全都在黑暗中爬行，而主宰这片黑暗的依然是猛烈的雷鸣和震颤。我撞上了什么人。在与我们这条隧道平行的新隧道中，我还能听见松散的石块落在地上的声音。我终于找到了那个珍贵的塑料圆柱体，摁下开关。当光柱出现的时候，我差一点喜极而泣。大家向我聚集过来，如同夜晚扑向火光的虫子。我听到有人在我们身后的岩壁上滑动，转过身，看见明迪踉踉跄跄地下了矿道。我想让塔尔西等一下，但她也飞快地摆动着双腿，径直跑了下来，直到抓住明迪才稳住身子。她们两个很快也来到了我的手电光中。

"该死，该死，该死……"豪尔赫嘟囔着。他和蕾拉相互抱在一起。一片片灰尘还在不停地落下。我们全都缩紧了身子。我觉得自己皮肤里的每一点骨肉都想要跳到其他地方去，但我被吓坏的躯壳只是将它们紧紧包住，让我处在充满恐惧的麻痹之中。

塔尔西抓住我和凯尔文，把我们两个拉到她身边。卡尔和明迪站起身，转向还有光线的那条矿道，朝巨怪留下的隧道中望去。

"我们要离开这里。"卡尔说道。他的声音高亢而紧绷。他回到我面前，抓住我的手腕，将手电筒指向那堆新的矿车残骸。"我们要离开。"他重复道。

"这到底是怎么回事？"有人在问。

我站起身，用手电照亮曾经停着矿车的地方。那里的弧形洞壁上不再有一个方形的矿道口。实际上，那片洞壁完全崩塌了，露出一条和我们所在的隧道平行的圆形隧道。新隧道中充满了尘埃形成的浓雾，仍然不断有大块的石头掉下来。虽然巨怪已经远去，我却还能感觉到地面在脚下震动。

"所以这个殖民地被废弃了，"有人说，"不是因为矿藏。"

我向新隧道走去，还有些期待奥利弗能够从里面走出来，在尘雾中挥舞他的金手枪，喊叫着让我停住。我还是在幻想这样的事情能够发生。但理智让我知道，这已经不可能了。我亲眼见证了他的消失，看到了最可怕的情景。他没有了——只是我的大脑还在与这个概念抗争，拼命想要把它打倒。

其他人都聚集在我的手电光周围。我们一起向新隧道走去。在困惑和震惊造成的沉默中，我们只能将手拉在一起。豪尔赫来到两条隧道连通的边缘，终于用一声无力的咒骂打破了这种沉默。两条隧道贴在一起，形成了一道顶部相当锋利的矮墙。我们就站在这道墙前面，我用手电筒照进新隧道，感叹这只巨怪幸好是穿过了坚硬的岩石，而不是穿行在已有的隧道之中。我本来还以为它会冲过来吞掉我们，而不是殖民地的这两个孩子——神啊，我们还全都是孩子。

"那辆矿车。"凯尔文悄声说。

我让手电光柱扫过新隧道的地面。除了散落在碎石中的几块金属残片，地上什么都没有。这让我想到塔尔西和明迪曾经用来藏身的那堆残骸。

"该死。"有人悄声说。

有几个人翻过矮墙,小心地进入了新隧道。越来越小的轰鸣和震颤让我们终于有胆量对这条隧道进行一些探查。至少那些声音和震颤让我们知道,巨怪暂时不会回来。

"那边。"豪尔赫说道。他抓住我的手腕,转过手电筒。我顺着他的指引,照亮了巨怪离去的方向。那里有某种东西在闪烁——一小块黄金。豪尔赫跑过去,弯下腰。"是枪。"他说道。他伸手要把枪拿起来,却突然抽回手,还号叫着不断甩动那只手。

"出什么事了?"蕾拉跑过去看他。

"这该死的东西可真烫。"他说。

我靠近过去,用手电照在枪上。枪身上闪动着一层潮湿的光泽,仿佛覆盖着什么东西。我想要用赤脚踢一下那把枪,却被塔尔西拽开了。

"别碰它。"塔尔西说。

"我们赶快离开这里。"有人坚持道。

我转过手电筒,想看看我们过来的矿道是否还可以通行。矿道没有被堵住,只是被新隧道撞碎了一段。新的方形矿道口有一些碎石堆积,但黑色的矿道看上去依然是一条安全的路径。

"波特,"豪尔赫对我说道。我转回手电筒——它成为了代表我领导责任的权杖。我想要把它递给豪尔赫,放弃这份责任,但豪尔赫正在将自己的衬衫脱下来。随后他弯下腰,把枪包裹在衬衫里,缠成一团。其他人这时已经纷纷向隧道另一侧的矿道走去,像之前那样在那里相互扶持,爬上矿道。

当第一批人爬上去,回身再把给他们做垫脚的人拽上去,地面的震动已经完全消失了,留给我的只有自己的颤抖。我们再次聚在手电光周围,快步向上,沿着隧道朝出口走去。

"那到底是什么?"有人问。

"被吃掉的很可能是我们。"

"我们仍然有可能被吃掉。它能在坚固的岩石里随意乱钻。"

我也禁不住在这样想。当有人说出了这个明显的事实,我的手便抽搐着朝两侧的墙壁照了照,仿佛会有巨怪从那里钻出来,而且这一次巨怪会出现得悄无声息,完全不会有那些可怕的震颤向我们报警。不管怎样,现在理智的碎片完全无法穿过我的恐惧。巨怪可能从身边两侧,甚至是从上面和下面冲出来——这种想象让我的肠子止不住在颤抖。

所有人都认为发现这种巨怪是殖民AI决定将我们流产的真正原因。不过他们还在为细节争执不休。而我的脑海里则不停地转动着另一些想法。我开始考虑那个更加令人困扰的问题——为什么殖民AI会停止已经开始的流产程序?我尝试将事实拼凑在一起,以某种合理的次序排列各种线索,但出于本能的恐惧和残存的肾上腺素让我很难思考。而且还有一些旧问题一直在侵入我的思绪:奥利弗死了;殖民AI派人来抓我们;另外还有……

我循着让自己担心的线索回到巨怪出现以前,甚至是在矿车出现以前,发生了一件很不好的事情,一件不断扯动我的潜意识,让我注意的事情。

然后我想起来了。

那一声枪响。

第31章　更多死亡

不等赶到火堆前,我就已经能看见蜜卡和彼得蜷缩在那一段位置较高的水平矿道上。他们没有离开和我们分别的地方,靠在矿道一侧的墙壁边上。一个人伏在另一个人身上,正在发出几乎无法听到的悲鸣。

我们忘记长途跋涉的疲惫,冲了过去。

随着距离逐渐缩短,我能看到是彼得在向蜜卡俯下身。他的肩膀正在抽泣中不断颤抖。蕾拉和塔尔西向他跑去。凯尔文和我紧跟在她们后面。两个女孩向彼得伸出手,想要向他表示安慰。

她们两个全都把手缩了回来,仿佛刚才的碰触把她们烫到了。蕾拉惊呼一声。塔尔西抬手捂住嘴。我也骤然停住脚步——我看到蜜卡的手臂在彼得的背上动了一下。

她还活着。

是蜜卡在颤抖和啜泣。

豪尔赫又开始咒骂。我努力帮助女孩们照料蜜卡。她就像一个小时以前那样虚弱,但我们费了很大力气才将她的手臂从彼得身上移开。如果我们不过来,蜜卡很可能会一直让彼得这样趴在自己身上,直到他的体重彻底压坏她的肋骨,终结她的生命。

我们终于把彼得的尸体移走。两个男孩把他安放在旧火堆的黑色灰烬旁。蜜卡的呻吟变成了痛哭。她坐起身。在她的身上浸透了彼得的血。看上去就像是她的瘀伤透过了衣服。我也瞥到了彼得胸前的伤口——那看上去就像是有某种东西炸开他的胸膛,又从他背后钻出一个小孔。

塔尔西和蕾拉竭力想让蜜卡镇定下来。我也想过去帮忙。但文森特挡住了我。他跪倒在蜜卡身边,向前俯下身,伸双臂抱住蜜卡,和蜜卡一起流泪。蜜卡本来和两个女孩对抗的双手抓住文森特的后背,十根手指将他的衬衫捏出了无数皱褶。

他们两个因为激烈的哭泣而浑身颤抖。我能听见文森特一边哭一边在蜜卡耳边说了些什么。

我站在旁边,感到完全无能为力。有人想用一块帆布盖住彼得的身体。而我只是站在原地,双手垂在身侧,看着我的两位朋友深陷在哀伤中。

我想要和他们一起哭泣,想要用拳头捶打岩石,将奥利弗死亡的景象打出我的记忆。我觉得自己辜负了朋友,辜负了我的职业,这一切痛苦都应该被发泄在我的身上。在过去这几天里,我试图让文森特振作起来的所有那些言辞和建议,所有那些可悲的心理治疗手段——这些东西我也打算用在蜜卡身上——现在它们全都像松散的岩石一样垮掉了。

尽管这些手段可能有用,但我知道,现在文森特最需要的是有人能感受到他的痛苦——实际上这才是我需要做的,为他那令人心碎的折磨找到一个诚实的出口。但我们其余的人却不约而同地在阻止他得到他所需要的东西。也许这是因为我们自己也在害怕遭遇那种命运。他需要能够被感受到,需要被允许发泄出自己的感情。

有时候,我想要和他一同哀悼,分担他的哀伤,但我却隔绝了这种情绪,把它藏起来,因为我对这种情绪感到羞愧。也许我这样做是错的。也许我不应该那样努力地装作一切没有发生。也许正是我曾经的朋友的死再加上那么多严酷的磨难,才让我最终意识到也许……

也许这不代表我的崩溃,也许正是我害怕的东西才是某种解决之道,而不是糟糕的问题。

塔尔西和凯尔文来到我身边,我所感受到的震惊与困惑也反映在他们的脸上。这让我看到自己并不孤独,不必独自承受这一切。我向他们伸出手。

我哭了。

第32章 原因

天空的色泽渐渐变暗,太阳一点点隐没在高山背后,我们一起坐在矿道入口处。文森特和蜜卡都睡着了——实际上,他们应该是昏过去了。他们还抱在一起。我们都不想将他们分开。有人将彼得的尸体送到矿道更深处。想到他真的已经死了,身上只盖着一块帆布,我就感到一阵恶心。这让我想到了奥利弗和另外那名执法者的死。我颤抖着深吸了一口气。我的脸已经因为流出这一整个星期的眼泪而皲裂了。

"天已经冷了。"蕾拉说道。我转过头,看见她正在对豪尔赫说话。豪尔赫的衬衫还裹在那把枪上面。现在那把枪正摆在他的大腿上。

蕾拉帮助他把衬衫解开。手枪"当啷"一声掉在岩石地面上。没有人去捡它。蕾拉只是抖了抖衬衫,想要把那件衣服弄平展一些。

很多人已经连续几个小时沉陷在自己的思绪中。现在他们注意到了这个突然的举动——有几个人向蕾拉皱了皱眉。蕾拉将衬衫举到眼前,我能透过衬衫上的几个大洞看到她的脸。我们的目光交汇,又同时看向她面前的黄金手枪。

她向手枪伸出手。"别碰它。"我说道。然后我走过去,对那把枪仔细端详了一番。这件武器上还留有一层淡淡的光泽,看上去好像覆盖了一层蜡。"把衬衫给我。"我说道。当我将那件被烧坏的衣服从蕾拉手里接过来的时候,隐约感觉到周围的人们都有了一点骚动。

我用衬衫擦了擦枪身,那层闪光的东西消失了。

"那是什么?"凯尔文探过头来问。

"是某种液体。"我说。

豪尔赫也靠过来,给我们看他的一只手。他的几根手指上显露出伤口一样的红色。"是这东西把我烧的。"他说道。

"是某种酸吗?"塔尔西问。

我摇摇头,但没有回答她的问题。我能感觉到一些零碎的线索在我的脑海中形成了一幅更大的拼图,就像逐渐凝结的水滴在逻辑的引力下一点点汇聚成一个可怕的认知:

原因。

"我不会有事吧?"豪尔赫问我,"你觉得这是什么?"

"原因。"我重复了自己的想法。

"真的,它烧伤了我。我觉得它就像火一样热。我会死吗?"豪尔赫看向我们,"你们中间就没有化学家之类的?"

"安静,"凯尔文说道。我转过头,看见凯尔文正在注视着我。他的手按在我的肩膀上。"到底是什么?是什么原因?"

"AI 放弃这个殖民地的原因,"我悄声说,"它又改变主意的原因,一切的原因。"

不等任何人有所反应,我又说出了刚刚在脑海中冒出的想法:"也是发射火箭的原因。"

我坐回去,仍然把枪留在原地,将破烂的衬衫丢给豪尔赫,然后将两只手掌平贴在冰凉的石头上,闭起眼睛。所有这些刚刚被我意识到的事情让我感到疲惫不堪。就像那一轮落日一样,我能感觉到心中的某种光源熄灭了,只给我留下黑暗和寒冷。

"那就赶快告诉我们啊,"豪尔赫说。

"我正在思考该从哪里开始。"我睁开眼睛,扫视众人,"这一切在我的脑子里还非常散乱。"

"要我就想到哪里说哪里。"豪尔赫一边说,一边在裤子上擦了擦手掌,又将自己的手仔细端详了一番。

"这和矿道里的怪物有关系,对吧?"明迪问。

"那火箭又是干什么的?"另一个人问道。

我挥手示意他们安静下来,又伸手拿出手电筒。现在只要我握住这件工具,就能够感到舒服一些,有更多力量去观察那幅完成的拼图在我眼前跳动。"蜜卡是对的。"我从手电筒上抬起头,"她早就看清了为什么这颗行星处在被放弃的边缘,为什么殖民AI无法打定主意。这里的地壳中的确缺乏金属。这颗行星的生态环境很理想,但只适合生命发展,却没有足够的材料制造更多殖民飞船,再派它们去殖民别的行星。"

"这一点我们已经知道了。"有人说。

"但我想,我知道了这是为什么,"我做出回应,"是因为那里的那个……东西……"

"那只怪物。"卡尔说,"波特,我们已经谈论过这件事……"

我又向他摆摆手,"那个东西的目标是矿车,不是我们。它已经吃掉了另一台矿车。"我看向塔尔西,"就是你和明迪爬上对面的矿道时发现的那一台。"

塔尔西点点头,"我看得很清楚,它没剩下多少,而且残骸上还有啃咬的痕迹。"

"所以,这里的地壳中没有金属,是因为金属都被吃掉了?"有人问。

"正是。"我说,"你们没看到吗?它的牙齿,它的身体,那些全都是金属。我觉得它不是大型机器人。我相信那些矿石中的金属对它而言就像钙质对我们一样。它用金属建构自己的骨骼、皮肤和其他身体组织。"

"该死。"凯尔文悄声说。

"你还没有解释,为什么我们的殖民计划差一点被流产。"有人说。

"这也正是农场工作被停掉的原因。"凯尔文指出了一个我还没有注意到的线索。"殖民 AI 担心运行的拖拉机会把地底巨虫引来。农场就是在那次地震以后被关闭的。而地震是运行的拖拉机引来的。"

"那东西真的想要吃掉矿车?"豪尔赫说,"真是满嘴喷粪。"

"你在开玩笑吗?"萨姆森问他,"它已经吞掉两辆矿车了。"

"他们当时让那台车的引擎一直空转着。"塔尔西悄声说。

"仔细想一想,"我说道,"只要沿着这个思路想下去就能知道,这些年里,殖民AI一直在继续计划和执行流产序列之间摇摆不定。它得到了一个不错的行星,没有毒气,植物有些不好处理,但其他方面都很合适。它已经开始设立和布置最初的自动化系统。只是从一开始,地质采样的结果就很难看……"

"蜜卡就说这里的矿产条件不够。"有人插口道。

"对的。但不管怎样,其他都很完美,所以殖民AI被困在了这个逻辑回路里。这对'如果是什么条件就进行什么操作'的程序模式简直是一个地狱。它在泥土中找到了足够多的黄金,于是它以此为基础制造出了一种有足够强度的合金。随后就出了大事。大约一个月以前,那个怪物在矿场啃出了第一条隧道。"

"你怎么知道是一个月以前?"豪尔赫问。

凯尔文向豪尔赫挥挥拳头,"因为我们就是在那个该死的时候诞生的,天才,闭上嘴好好听着。"

我点点头,继续说道:"大约一个月以前……"我又看了豪尔赫一眼,"……一台矿车被吃了。也许这足以刺激AI做出流产的决定。如此巨大的掠食兽完全能够打破僵局,让AI的思考失衡。有可能曾经有另一辆矿车进入矿道进行调查。它看到了那个怪物造成的破坏和隧道的尺寸,也许它还发现了地震的原因,并且被吓坏了……"

"AI不会害怕。"有人说。

"或者是改变了主意,听我说……"

"但AI为什么又要救我们？是什么又让它改变了主意？"

"因为它在隧道中找到了黄金。"我指了指那把枪，"也许矿车在矿道中直接发现了黄金，或者也许进行了更多探索。它可能用了几天时间来调查所有这些情况。"

"那怪物会拉金子。"蕾拉说，"那一条条黄金其实是那个……机械文尼的某种排泄物。"她又看了一眼那把黄金武器，"这把枪一定是通过了它的肠道，又从另一端被直接排了出来。"

我转向蕾拉，"或者是从它的嘴里掉出来的。你还记得你在营地时对我说过的那些关于黄金的话吗？你说黄金很值钱，因为它是化学惰性的，很难发生反应。你还和我解释了它的电子价值。"

"是价电子。"她微微一笑。

"是的。那么，那种东西是不是无法消化黄金？这会不会正是因为其他物质无法和黄金发生反应？如果它能够咬碎石头，吸收其中的全部金属，却只会留下黄金，或者是黄金再加上另外几种稀有金属，那又会怎样？"

"还真是值钱的大粪。"凯尔文说。

"这又怎样？"豪尔赫问，"这无非仍然是蜜卡的理论。AI为什么又要救我们？"

"建造火箭。"塔尔西说。

"是的，但为什么要建造火箭？"

"因为这是一个值得保守的秘密。"我对他说，"这也许是在银河探索历史中最大的发现。"

在西斜的阳光中，我能看到豪尔赫的脸上露出急躁和愤怒的表情。现在最好不要再刺激他，否则他和凯尔文可能会打起来。

"我属于负责建造载荷舱的团队，"我提醒豪尔赫，"那是火箭的主体，里面会携带六只圆桶。这件事我们中的一些人是知道的。我甚至和你们谈论过它，并且试图推测那些桶里都会装些什么。有可能是记忆细胞、关于这次殖民行动的问题记录，DNA样本……这是最有可能的。但我觉得火箭里一定还会装上那些生物使用的酶或者酸。想象一下，如果能对这些重要的生物成分进行分析……"

"就有可能制造出更大的那种怪兽。"萨姆森说。

"它们可以被释放到任何一颗行星上，"塔尔西悄声说，"如果能够在一颗行星上进行高效黄金采集，为什么还要对行星进行殖民？"

"忘了金子吧。"蕾拉说，"和另一些东西相比，金子可能也就和我们的大粪差不多。钛、铈、钕、所有稀土，很多金属要比金子更有用。所有这些都值得花费巨大的价值去开采和提炼。也许它们的DNA还能够进行编辑，实现更特殊的功能，就好像它们能够制造出纯金属的皮肤、牙齿和身体器官。如果是这样，得到这项生物资源的人就能实现连纳米技术都无法实现的功能。"

"比如什么？"

"比如不需要太多预备物资，直接利用行星的本体物质建造殖民地，或者用一代人时间征服多个世界。"

"该死。"凯尔文又感叹了一句。

"吞噬世界的家伙。"明迪悄声说。

"所以殖民AI不能只是将信息用卫星送回去。"我说,"当然,这样会更快地送出消息,但如果设计殖民计划的人会这么小心,甚至不惜为殖民地安排流产和核弹清除的计划,那我打赌,发送回去的每一条信息都有可能被拦截和解码。电磁波会向所有方向传播,但用火箭运送的实体包裹就不一样了。只有它可以做到神不知鬼不觉。"

"所以AI叫醒了我们,是为了利用我们?"明迪问。

"而且AI没有设定任何长期项目,"凯尔文说,"它从一开始就没有打算要进行农场耕作。"

"该死的AI。"豪尔赫恨恨地说。

"真该死。"卡尔表示同意。

"我们必须阻止这件事。"我向我们和基地之间的那些大树望去。

"你疯了吗?"豪尔赫问,"还有多少人会因为这件混账事而死掉?"

"想想这将意味着什么。"我说,"不只是为了我们,而是为了其他的……所有人类文明……宇宙里的所有智慧生物。我们的生命不算什么。和那些相比,我们只是微不足道的灰尘。"

矿道外的最后一丝阳光也消失了。太阳突然就躲进了大山后面。一片阴影落下来,仿佛被白昼遗忘的某种东西回来了。在昏暗的光线中,我看到我的朋友们都在考虑我说的话。我知道他们会以最认真的态度咀嚼最后这段话，权衡我的提议。凯尔文以最小的幅度向我点了一下头。他下颌的肌肉线条不停地凸起又消失，表明他在一次又一次地咬牙。塔尔西伸手把我抱紧。其他人看上去都很难去设想下一步该怎样做。

我知道他们有着怎样的感觉。

第33章 计划

那天晚上,我们全都尽可能在矿道口入睡,同时还让出空地,以免蜜卡和文森特醒来后会出来找我们。我将头枕在塔尔西身上,让凯尔文枕着我的胳膊。像以往任何时候一样,我需要知道他们两个都在我身边。而我觉得,我真正需要的是有人回应我的碰触,让我知道自己的存在。

我还活着。

我并不像自己害怕的那样,只不过是一粒灰尘,远不如六个装满信息的金桶那样重要。

在那一晚的大部分时间里,我都保持着清醒,倾听我的世界中的各种声音:远处炸弹果落进苔藓前的呼啸、夜虫啁啾的小夜曲、我那些更幸运的同伴在睡着以后发出的鼾声和嘟囔。

我一边听,一边将自己的理论在脑子里转了一遍又一遍,从各种角度对它进行检查。我把自己放在AI的位置上,试图推演一个意外的发现触发了流产序列,然后又因为看到了后续发现的潜力而努力取消这可怕的程序。这里还有许多我不知道和不理解的地方,但这个理论符合太多线索,不可能完全是错的。

于是我又开始思考另一个令人困扰的问题：该怎样对待这个事实？

在激愤的情绪中，我说服了大部分同伴，我们应该不惜一切代价阻止火箭发射。但我们该如何去阻止？我相信，如果让基地里的其他人知道AI的打算，让他们知道AI根本没有制定让我们可以长期生存的计划，就能让他们也转而反抗AI。就我所知，AI应该是计划火箭发射之后就用核弹炸毁这个基地。如果我们在这个世界站稳脚跟，最终成为专利获益者的主要竞争对手，那么从这里送出的专利就无法得到最大收益——或者我们的祖先也在因此与他们的祖先对抗。

但我们该如何将这些事告诉殖民地里的其他人？被洗脑的执法者和AI本身都会不择手段地阻拦我们。难道我们可以就这样走回去，隔着围栏向基地里喊话？万一殖民AI引爆核弹，不惜冒险用卫星传送信息，我们又该怎么办？

那天晚上，我想出了很多疯狂的计划。比如用留在矿场的挖掘机在火箭下面挖一个空洞，然后把挖掘机留在那里，让引擎继续空转，等着那些金属怪物冲过去摧毁火箭。但这样并不能解决问题的源头，只会让AI重新调整时间表。而且我们也有可能在挖洞的过程中被吃掉。

执法者是一个巨大的障碍。他们每天都在进行打靶练习，现在肯定更强大了。就算是把我们掌握的信息告诉他们，他们仍然是不可信任的。他们对殖民AI的忠诚会压倒其他一切忠告——希克森尤其如此。

我能想到殖民基地的很多弱点。这个基地就不是被设计用来对抗智慧生物的,尤其是它内部的智慧生物。即便如此,我还是想不出该如何利用这些弱点。要战胜AI,需要数十名殖民者协同发动突袭。这就必需有一个信号系统。我们没有那么多人,而且我们还在围栏的另一边。

我想了一遍又一遍,梦想着能够用各种方法将信号传递给基地里的工人,找到办法可以防御那些枪,但这似乎是不可能的。每一种手段都有漏洞,或者会导致双倍的问题。我整晚都在辗转反侧,大脑不停地转动。一股神经能量在我的全身游荡,如果我能睡着,它肯定会用各种噩梦来折磨我。

黎明到来,我终于有理由起身用真正的行动来缓解焦虑。我在环绕矿场的干燥泥土上行走。奥利弗的矿车压出的深车辙里还积着雨水。但地面已经把绝大部分水分都吸走了。我再一次尝试打开模块建筑的门,但它还是被牢牢地锁着。

我拿起一块石头,考虑砸碎矿车的玻璃窗钻进去,却又想到这可能会让我被碎玻璃严重划伤。到时候我将不得不叫醒大家,再向他们解释我愚蠢的伤口。我决定将这种闯入行动留给更有"男子气概"的男人们在天大亮的时候去执行。至少,如果他们割伤了自己,他们还能用伤口向女孩们吹嘘自己的勇气。

我朝矿车走过去的时候,看到有人从矿口走出来。是凯尔文。他走向我的时候紧皱着眉头,平时早晨的那种愉快神情完全不见了。

"你还好吗?"我问他。

他一言不发地来到我面前,一把将我抱在怀里。

"我为奥利弗感到难过。"他悄声说。

我也紧紧抱住他,希望能够抱得更久一些——能够被他抱得更久一些。但我又害怕自己的身体会出卖我的心情。我不知道该如何承认,昨天晚上我没有想过几次奥利弗。我的脑子里充满了更加重大的问题。最后,我只能说了谎,告诉他我也感到同样难过。

"我知道你们两个很亲密。"他说。

"和你说实话,我感觉被他背叛了。"

"我知道,但这不会让人感觉好受多少。"

不,我想说,这的确让我更容易接受现实。

我们两个向树林中凝视了一会儿,然后凯尔文捏了捏我的肩膀。"我必须告诉你一些实话。"

"当然,什么事?"

"看见你们两个在一起真的让我很难受。你和塔尔西。我发现自己,嗯,知道吗?我不喜欢自己的念头。我不知道你有没有什么可以对我说的,一些心理学上的东西,那样也许能帮帮我。"

我伸手抓了抓头发。那些头发都粘到了一起,感觉很脏。我转过头不去看凯尔文,将目光投向了远方的高山。

凯尔文也转过头,伸手捡起一块石头,将它端详了一番,又让它在手指间滚动。

"我觉得,我需要为自己找个人。"他说道,"你知道,这会让我们在一起的时候感觉更舒服。只是,我们的团队里没有太多女孩。我知道卡尔和明迪在一起了。我不知道该死的蕾拉是怎么看中豪尔赫的,不过他们的确也是一对儿。天哪,我还看到蜜卡和文森特在昨天晚上就发展出感情了,那可真是太快了。"

"是很快。"我说。

"是的,但时不我待,不是吗?"他把那块小石头平着甩了出去,看着它在泥土上弹跳,最终落进车辙里,溅起一片小水花。

"所以就只剩下我和萨姆森混在一起了,对吗?这可真奇怪。"他笑着说。

我也努力想要笑两声,但我能感觉到自己的脸在发烧。

"是很奇怪。"我说道。我这样说是认真的,只不过原因和他不同。我伸出手,握住他的胳膊。"凯尔文,听我说,我不想和她有什么特殊的感情,好吗?我知道我们以前就谈过这件事,我想要你知道,我从没有过行动,我只是……"

"停。"

"不,我想要告诉你。她在我心里就像是和我同日出生的姐妹。我是认真的。你知道吗?我们是在相邻的两个培养槽中诞生的,就像相邻的两个子宫一样。而且我曾经努力想象过和她一起生孩子,但我就是无法接受。组建一个小家庭?我觉得我没办法做那种事。"

"你会是一位优秀的父亲。"凯尔文说。

我用双手捂住脸,呻吟了一声。

"抱歉不断和你提起这种糟心事,伙计。"他捏了一下我的肩膀，我感觉到自己靠在了他身上，头枕着他的手臂，信任地让他抱住我。

"如果我们三个能够只是朋友就好了。"我说，"我宁可你和塔尔西在一起，让我只是像爱姐妹一样爱她，像爱……"

"兄弟一样爱我？"

"是的，兄弟。"

"其实，我觉得她就是把我当作兄弟来爱的。"凯尔文说，"就像一个大哥哥，所以我对她没么重要。"

"我们现在还在想这种事，你不觉得这很疯狂吗？我是说，想想那枚火箭升上天以后，宇宙会变成什么样子。而我们作为殖民流亡者，只会有艰苦的生活在等待我们。我们却在这里抱怨谁该和谁约会。"

"说到火箭，"凯尔文说，"我有一个阻止它的好主意。"

"是吗？"

"是的。我们砸开一台挖掘机，用它在基地下面挖一个洞……"

"然后把它留在那里，让引擎空转。"我说，"然后我们就等着金属文尼去吃掉那个火箭。"

我看到凯尔文泄了气，肩膀和面颊全耷拉了下来。

"殖民AI还有核弹。"我说，"而且我们也没有办法阻止它强迫那些人建造一枚新的火箭，或者发送卫星信息。不，我们需要的是让所有殖民者一同发动攻击，并且要让执法者毫无防备。而且我们不能耽搁。否则就可能又有人在这段时间里被枪杀，或者AI会做出什么出乎意料的事情。"

凯尔文吹了一声口哨,这个砸在我们面前的任务似乎吓了他一跳,或者有可能这只是我的想象,那阵口哨声是从别的地方传来的——我向树林中回过头,远处的那颗炸弹果应该已经掉在地上了。

凯尔文叹了口气,"要我说,我们还是走吧,找个地方过点简单的日子。我们担心的那些事情还要再过几百年才会发生。那时候我们早就已经死了。我们可以在树林里建一个小村子……"

"你和萨姆森就能组建一个家庭?"我问。

他开玩笑地给了我一拳,但这没能像塔尔西的巴掌一样让我们笑起来。

又一颗炸弹果落在远处。这种情况不太寻常。之前的许多个小时里都不曾有一颗果子落下。我亲眼看到它击中地面,陷进泥里。

"凯尔文。"

"什么?"

"我们需要把其他人叫醒。"

"现在?为什么?"

我捏了一下他的胳膊,"我知道该如何阻止AI了。"

第34章　死刑

塔尔西、凯尔文、蕾拉和我站在殖民地的大门前，等待被注意到。我们绕过大树走了四天，终于又回到这里，然后毫不费力地表现出一副失败的样子，准备向殖民地乞求怜悯。在旅途中，我不止一次差一点承认我们真的失败了。我感觉到疲惫不堪，身体已经接近极限。我们全都处在半饥饿的状态，只是在很少的时候会停下来吃些生炸弹果。我们全身都是伤口。就算是柔软的苔藓也会让我们的脚底裂开。我们现在甚至没有力气高声叫喊提醒基地里的人，只是等着火箭脚手架上能有人发现我们，再让执法者过来。

他们终于来了。一切都如同预料中一样。闪闪发光的手枪在他们干瘦的屁股旁上下跳动。我们离开基地不过一个多星期，但我几乎已经不认得满脸胡子，面颊凹陷的希克森。围栏上电流的"嗡嗡"声安静下来，然后是电子锁打开的响亮声音。门里的队伍将大门左右拉开。

他们拔出手枪以后才走向我们。尽管我们这时已经举起了双手。我们的情况肯定不算理想，但看上去还是要比他们好。

尤其是凯尔文,他健硕的身躯也遭受了营养不良的折磨,但并没有被摧毁。现在他看上去几乎还算是正常,这让他在我们中间简直像是一个巨人。看样子,单一种类的水果根本不可能成为满足身体需要的食物。

我向走过来的执法者们点点头,朝他们的头领打了声招呼:"希克森。"希克森以冷笑作为回应,用他的金枪对准我的肚子。其他执法者则用绳子捆住我们的手腕。我感受到片刻的慌乱,害怕我会看错这些人——他们会直接把我们带到壕沟边上,扣动扳机,结束我们的计划。不过他们没有。

把我们都捆牢以后,希克森将后背转向我们,径直向指挥模块走去。执法者小队则推着我们走过大门,指了一下我们的新家,也是我们的旧家。

"去培养槽。"他们之中的一个人说道。

· ✦ ·

我们的诞生之地已经变成了一所监狱。我们曾经作为一堆细胞生活过的培养槽变成了——一连串牢房。

其中几间牢房里已经有了人,很有可能是在过去一个半星期里尝试逃跑的人。我看见朱莉就在靠近门口的一个培养槽里。她抬头瞥了我们一眼,眼神黯淡无光,毫无生气。看上去,她就像一头牲畜,头发覆盖在脸上,衣服被撕成碎片,挂在身上。她的两支手臂上全是抓痕。

执法者把我向前推去。仿佛是某种怪异的命运使然,我发现自己被推进了塔尔西的旧培养槽,而塔尔西被推进了我的。凯尔文和蕾拉一起被锁在了我的另一边。钢制栅栏落在了厚实的透明玻璃门以外,让这些门无法被打开。

我们一直在担心执法者会对我们用刑和施加虐待,不过这些都没有出现。说实话,我觉得他们已经没有这种力气了。现在他们能做的大概只有举起沉重的枪,扣下扳机,同时用尽全力控制住枪身。

我们坐在培养槽中,双腿因为连日长途跋涉而虚弱无力。幸好我们的两只手没有再被绑住。

"火箭看上去快要完成了,真让人惊讶。"凯尔文在执法者离开以后立刻对我说道。

"你觉得还要多久?"我一边揉搓手腕一边问。

他耸耸肩,将头靠在培养槽上,闭起眼睛。"载荷舱已经就位。我猜,推进剂应该还没有准备好。但就算是产量减半,我猜再过一个星期也够了。可能还不需要那么久。"

我点点头。现在我能听到外面传来打靶练习中炸弹果的爆开声。这表明我们打扰了他们的午餐。这个想法让我的胃像空拳头一样紧攥起来。我抬起头,打量着塔尔西头顶上的培养槽接口。我全部的训练和教育都是从那里的电线中被输送来的。在最初几天的物料收集过程中,一些材料都被拿走了,连接这里的服务器也在大火中烧毁。但这个模块的格局和残存的这些连线总让我觉得仿佛我们的每一个动作都会被记录到什么地方,进行分析。

塔尔西将手掌按在我身边的玻璃上。我将自己的手和她的对在一起。这让我想起了我们的生日,给我的心中蒙上了一层沉重的沮丧。突然间,我只想睡觉。我真的很需要好好睡一下。我想要蜷缩起身体,就像许多年以来那样。

我猜殖民 AI 很快就会派人来找我。塔尔西认为应该会先把我们关上一两天。凯尔文害怕我们被扔在这里,永远都没有人来看我们。三小时以后,我觉得我的计划已经开始走上正轨了。

希克森亲自来了。几个小时以前他的厌恶现在变成了狂暴的怒火——也许他这段时间进行了思考,或者是在开枪射击时受到了什么刺激。他站在门口。另外两名执法者把我放出来,捆住了我的手腕。

"我会亲自押送。"希克森向那两个部下挥挥手。

那两个人似乎很愿意执行这个命令。他们退到门两旁,一屁股坐在地上,背靠着墙壁。

"真可悲。"希克森向指挥模块指了一下,把我向前推去。"凭你们自己在外面活不下去了,才会爬回来找我们?"

我没有理睬他,只是专心审视营地。在被押送到培养槽模块的时候,我还没机会好好观察一下这里的情况,现在这个机会来了。我几乎看不到有什么人在工作。这让我不由得开始担心他们的炸弹果供给。"你看上去不太好。"我对希克森说。我是真的在关心殖民者们的健康情况。

希克森用一样硬东西戳了一下我的后背。我听到他的枪发出金属的"咔哒"声,脑海中浮现出他在基地正中央把我的肠子炸飞的情景。用餐帐篷旁边有几名殖民者看着我们走过去。不知道希克森能不能就这样公开杀人。然后,我想起了史蒂文斯。

"我们在拼尽全力工作。"希克森说,"我们用一半的人做了两倍的工作。所以,如果我们情况不好,那也是你们的错。"

在指挥模块门前,他拽住我。迈拉站在敞开的门口。他挥挥手示意迈拉让开。

"你知道为什么你们要做这些?"我问他,同时好奇殖民AI有多信任他,"殖民AI都和你说了什么?"

希克森向我的肚子挥了挥手枪,同时摇摇头,"殖民把我们需要知道的都告诉了我们。"

他向前走了一步。那张枯瘦的面孔和胡须下面的苍白的皮肤看上去充满了病态。我还记得上一次他以这种态度面对我的时候。那时他是多么魁梧啊。但现在,这个曾经让我感到害怕的男孩,让我在回来的路上一边制定计划,一边忧心忡忡的执法者——我意识到他也和我一样,只是个满心恐惧,饥肠辘辘的孩子。

"你说的废话够多了,"他说道,"现在告诉我,其他人在哪里。"

我想要摇头,做出回应,但他把枪抵在我的肚子上,靠近我耳边悄声说:"如果你不说,我就在培养槽里干你的女朋友,让你在旁边看着,明白?我会把她的脸按在玻璃上,让你好好看清楚。她一定会喜欢那样的。"

他向后退去,舔舔嘴唇,露出两排牙齿。整个世界都消失了,只有他恶心的表情留在我的视野正中。我想象自己弯曲膝盖,向前猛冲,用前额撞碎他的鼻子和牙齿。我想象自己抓住那把枪,把枪口塞进他的嘴里,扣动扳机,把真正的子弹全部射出去,直到枪里什么都不剩下。我的怒火在燃烧,我忘记了为什么自己会在这里,为什么情况会变成这种样子。我只想杀人。

但我大脑的一部分,应该是额叶的某个负责削弱冒险行为的区域让其余的脑区短路了。我转开头,努力想起自己是在什么地方。

直到这时,我才意识到自己错了。希克森和我一点也不像。我们的身体也许同样处于饥饿状态,但我们的大脑都是完整的。完整并且截然不同。他诞生时带有的那种憎恨和制造恐惧的疾病把他变成了一种我完全模仿不来的人。

他将我推进指挥模块,同时紧跟在我身后。我踉跄着走过服务器阵列,进入电脑室。我想要坐到中间的椅子上,但希克森用手掌抽了一下我的后脑,把我推向另一把椅子。

"这是我的。"他对我说。

我跌坐在椅子上,把被绑住的双手放在操作台上。至今为止,这不是我预想中的会面。

"离开。"殖民AI的声音像以往一样平静而令人安慰。刚刚听到这个声音,我对希克森的一些怒火就被抹去了。但这也让我开始害怕我的一个计划可能会徒劳无功——和殖民AI讲道理的想法可能全都来自于我那一点年轻人的狂妄自大。

希克森还想要分辨:"但是……"

"我想要和波特单独谈话。"殖民AI说。

我露出微笑。

这才是我想要的会面。

第35章 心理

殖民AI一直等到希克森离去,门被关好。然后它的话让我一下子有些措手不及。

"我欠你一个道歉。"它说道。

我低头看了看我的双手,然后一言不发地靠在椅子里。我知道,现在最好是认真倾听。

"回想一下,我知道你曾经给了我非常好的建议。我却没有认真考虑。我应该更加重视你们的士气。"

"现在还不算太晚。"我轻声说。

"错了。已经太晚了。现在这已经没有关系了。无论如何,修正后的计算结果显示,如果我允许你们自由地满足自我需要,火箭应该在两个星期以前就能发射。这个问题将会被我附加在递交给参议院的报告中。"

"我很想看看那份报告。"我对殖民AI说,"也许我能够帮你指出一些类似的错误。"

"我并不怀疑你有这个能力,波特。我认为你们之中的大部分人都能做到这一点。人类行为中似乎有很多是研究和历史分析不能涵盖的。一些特性更是需要第一手经验。另外，尽管我装载了许多正常成年人的信息。但在我的数据库中，我找不到处理从培养槽中诞生的少年人的先例，尤其是在这种状态下。"

"什么状态？"我问，"在绝望中彼此畏惧？几乎要被饿死？"

"部分正确。我在报告中提出的另一个建议是倒置培养槽的顺序。最高级的将最后诞生，而不是首先诞生。当然，我愿意相信这个特殊的悲剧永远不会重演，但除了简单的自我认知影响以外，当前这种安排没有任何很好的理由。最不具备资格的将最先被终止，哪怕流产序列永远不会在中途被改变。"

"谢谢。"我说道。

"你的职业将不会再被纳入殖民程序，波特。我还会建议系统纳入一些非必要专家。我相信，从我与奥利弗相处的经历来看，哲学家也应被排除在程序以外。至少他们应该完全删去哲学宗教史。"

"奥利弗死了。"

"我知道，"殖民AI停顿了一下，"在矿车被摧毁之前，我看到了他的结局。我曾经告诉他们不要到那里去。"

"为什么要告诉我这个？"我问它。

"为什么不能告诉你？尽管你一直在基地外冒险，但我认为你是这个殖民地成功不可缺少的一部分。实际上，我们国家得以成功的很大一部分原因正在于此。我们可以从我们的失败和发现中学到很多东西。我从我们现在的交流中就学到了很多，尤其是你没有说的那一部分。"

"你把我带到这里来,是为了从我的沉默中学习?"

"我注意到你没有问我为什么我们不进行耕种和规划未来。我相信这是因为你知道我们根本没有这样的打算。而你似乎对此坦然接受,这让我感到惊奇,并且怀疑你也许已经决定听天由命,或者你有某种大胆的计划,要阻挠火箭的发射。所以,是的,我让你来就是为了从你的沉默中学习。"

我抬起手,抹去额头上的一道汗水,同时在心中回想殖民AI在这个房间里是否还有麦克风以外其他的传感器。我到底泄露了多少……?

"你知道为什么你这个位置需要一个同性恋吗?"殖民AI问。

我的双手离开额头,捂住了面孔。我的下巴垂下来,臂肘抵在操控台上。一切都和我设想的不一样,从希克森,到殖民AI……我不知道我们回来是不是个错误。

"你知道为什么吗?"殖民AI将问题重复了一遍。

"你是什么意思……我的位置?"我有些结巴地反问道。

"心理学家。在每个殖民地,诞生他们的囊胚在性别选择时都是同性恋。你知道同性恋是什么意思,对吧?"

"当然。"我悄声说道。

"而你就是一个?"

我一动不动地坐着,然后点了一下头,"是的。"我的声音非常低,让我有些怀疑殖民AI的声音辨识能力能不能明白我在说什么。

"这是为了防止个人利益冲突和移情的发生。"殖民AI说,

"当然,第二代和随后的世代就无法保证了,但是当一个殖民地要经历最困难的阶段时,心理学家会被设定为单独生存,以便让其他所有人将心理负担转嫁给他。"

"为什么你要说这个?"我的嗓音有些沙哑。

"因为你知道火箭里会装些什么。"殖民AI回答,"你回来就是为了阻止火箭的发射。我则要防止你们成功,所以我需要知道你都知道什么。"

"我什么都不知道。"我说,"我们快要饿死了,一直在外面淋雨。我们只想回家。"

"让我感到有趣的是,你似乎爱上了两个人。而且根据迈拉和其他许多人的说法,他们两个也都爱你。我的报告中还要提出对于这方面的修正建议。"

"我不……你在说什么?"

"我在说数据提取。我已经向希克森承诺,允许他和你的女性朋友发生性行为。同时我将射杀那个男性。我说的够清楚吗?"

"为什么?你怎么能……?"

"告诉我,你有什么计划。"

"没有。我发誓。请不要这样做。"

"你们怎么会这样容易就忘记我的能力?在我的一次计算之后,你们有超过四百人被活活烧死。我远程操纵农业拖拉机碾死了史蒂文斯。你想知道我可以多么轻易地杀死希克森吗?"

"史蒂文斯……?"

"是的。只是我现在才认识到,这也许是一个错误。你想要知道,只要我想,我可以如何杀掉希克森吗?"

"我不……"我停下来,摇了摇头。

"我可以命令他向自己开枪。"殖民AI说,"也许我需要重复几次,但我完全可以命令他把枪口对准额角,扣动扳机。在这颗行星的不幸中,我得到的另一个让人吃惊的发现就是我们的警卫和安全训练还有多么大的改进潜力。我会建议我们不要对自我意识进行重建。事实证明,任由自我意识受到破坏会产生出更优秀的殖民者。"

殖民AI停顿一下,让我有时间体会到这支火箭送出去的东西是多么可怕。装载于其中的不仅仅是外星生物学样本,还会有变态的人类心理学数据。毫无疑问,高价值的生物样本会让AI的建议更具有说服力。我们的母国会就此做出改变。而如果这些改变真的有效,其他国家也会争相效仿,陷入一场疯狂的竞争。

"说到殖民者。"殖民AI继续说道,"其他人在哪里?"

我长出一口气,靠在我的座位上。上百万磅的忧虑终于开始从我的脑海中瓦解了。殖民AI终究还是有不知道的事情,它露出了自己的破绽。当然,这一点不会对我们的计划造成影响,尽管我们最终还是有可能会失败。

"你是个瞎子。"我说。

"我能看到的远超你的……"

"胡说。你已经失去了向卫星传递信息的上行链路,对不对？或者你根本就没有卫星了？在流产序列中,卫星会在什么时候被摧毁？"

"记住你的位置,波特。我可以把希克森呼叫到这里,把你炸成两半。或者也许我已经派他去和那个女孩找乐子了。"

"还是胡说。"我用被绑住的双手拍了一下操控台,指着显示器微笑道,"你必须先把卫星除掉,对不对？知道吗,在我们逃跑的那个晚上,我还以为你会穿过树冠层监视我们,但我那时不知道还有更多的殖民者在行动,在为自己争取自由……"

"自由,你这个无礼的孩子。你们从不曾被设计会拥有自由。你们都有工作要做。"

"不,"我说道,"是你有工作要做。你才是没有自由的那一个。你可以解析辞句,让自己说的话听起来是有生命的。但你所做的一切都是在进行公式运算。你是人类程序员的奴隶。你不可能为自己思考。"

"如果你对遗传学有更多了解,你就会意识到这种指责是多么虚幻。你和我一样没有自由。"

"哈,我还真的懂得遗传。至少我知道其中的随机因素。我们与谁结合,我们的基因又如何排列、变异……"我又拍了一下操控台,"就是这样,"我对自己说,"变异,就是它给了我们自由。"我禁不住又微笑起来。

"知道吗,我曾经很难面对我的……让我与众不同的东西。它是如何形成的并不重要——无论是你们设计的,还是神创造的,或者是生物演化的结果——我只是无法理解它的位置。这其中有一个不合逻辑的因素……是的,正是这个因素让我感到苦恼。但我就是证据,证明了我们不是某个伟大计划的一部分,不是吗?希克森和我一样被他的性欲所奴役。他只是有更大机会找到一个能回应他的爱的人。"

"这不是我找你来讨论的事情,波特。"

"我不会给你任何你想要的东西,AI。一个困惑的男孩能有多大机会可以和他的创造者争论?能够告诉自己,我没有问题,无论创造他的混蛋费了多大力气。"

"我们的谈话结束了。"殖民 AI 说。

"怎么?"我向前俯过身,用一只手的手背敲了敲显示器的侧面,"你要召唤希克森了?我觉得你会发现他没法回应你。你派人找我过来的时候,就已经让一系列事情开始发生了,我的老朋友。一切都结束了。"

我听到电喇叭的声音从外面传来。那些喇叭就在我的头顶上方震响。我微微一笑。

"好了,"我说,"现在真的是结束了。"

"你做了什么,波特?"殖民 AI 问。

"我?没什么,都是你做的。我的工作只是交谈,一直等到你发现你的信号线路都被截断了。我只需要激怒你,或者可以说,要引发你进入类似于愤怒的模式。"

"执法者会来为我服务。他们听到警报就会来进行调查。"

"实际上,他们现在可能正在被打得屁滚尿流呢。你的喇叭就是我们开始行动的信号。每一名殖民者都应该知道该做什么。"

"不可能。你没有办法……"

有人冲了进来。我转过身,不知道是不是要和希克森打一架。不过进来的是凯尔文。他径直跑向我。两道鲜血从他的鼻子里流出来,淌过了他正咧开大笑的嘴。

"你还好吗?"我把被捆住的手腕递给他。

"他打了漂亮的一拳。"凯尔文一边说一边为我解开双手,"不过我多打了几下。"他向显示器瞥了一眼,"看来你把它惹火没用多少时间。"

"凯尔文?"殖民AI问道,"出了什么事?"

我站起身,拍拍凯尔文的肩膀,"感谢及时赶到,不过你应该先把清理工作做完。"

"已经差不多完成了。"他说,"他们没有进行什么抵抗。"

我们开始向模块外走去。殖民AI还在不停地向我们提问。我们没有理它。

"其他人都没事吗?"

"是的。也许有一点热情过度。大家已经等了两天了。"

我们在模块外停下脚步,看到大部分还活着的殖民者都向我们走来。执法者跟在他们身后。希克森和迈拉背靠着模块坐在地上,双手被绑在身后。我注意到希克森的鼻子也流了血,一只眼睛也肿了起来。我努力不表现出心满意足的样子,不过这实在是不容易。

更多执法者被其他人拽过来,站到这两个人身边。这真是一幅凄凉的景象:瘦骨嶙峋的人领着半饥半饱的人。聚过来的人越来越多,我知道用不了多久,殖民者们就都会来到这里,除了我在树冠上的朋友们以外。还有蜜卡和文森特。他们两个留在矿道里养伤。

"我们能关掉那些喇叭吗?"我问凯尔文。

"乐意之至。"凯尔文向几名建造团队的人挥挥手。他们正把一名执法者押过来。

"你们随时都会被核弹炸死。"希克森向我喊道,"殖民会通过卫星发出指令。你们马上就会变成一片灰尘了。"

我想要无视他,但我没有这样的力气。我走过去,跪在他和迈拉面前。

"实际上,希克森,那些核弹在两天以前就离线了。当然,就算它们失效了,你也不会知道。你会经常测试它们吗?"

希克森的脸上充满了困惑。"你到底干了什么……? 你怎么能让它们离线?"

"我?就算是我在这里,我也不知道该怎么干。我猜这是黛娜干的。她对于服务器连接的了解要远比我多。我甚至可以打赌,告诉殖民AI核弹出了问题也是她的工作之一。"

头顶上方的电喇叭陷入沉默。我向上瞥了一眼,看见凯尔文正从屋顶上看着我,满脸都是傻笑。

"子弹,"希克森说,"该死的辅助团队。"

我回头盯住他,又看向迈拉——她正咬着嘴唇,茫然地望着前方。"你真的朝人开过枪?"我问希克森。

"我。"凯尔文在上面说道。我看见他经过模块屋顶向朋友们走过来。他的朋友们都伸出手,要帮他下来。

我转向希克森,"你去过培养槽,对不对?"

希克森冷哼了一声。我想到他真的去了培养槽要杀死凯尔文,脑子里立刻冒出一幅画面——我走过去,抬脚踢在他的脸上。我转头去找塔尔西。这时又有越来越多的殖民者带着他们的俘虏走了过来。许多人的身上都有斗殴留下的痕迹。

"你是怎么做到的?"迈拉问。

"容易。"我说,"我们有几十人,而你们只有几个。我们所有人都想要自由。所以只要我们将殖民AI的所作所为在这里传播开,剩下的就只是发出一个信号而已。"

"但你是怎样告诉他们的?却又能让我们毫无察觉?"

"你们执法者会去收集食物吗?"我问,"我的朋友们在两天以前开始丢下一些特殊的包裹——里面装有信息的炸弹果。当然,如果你们在用铁拳统治人们,你们就会逼迫其他人给你们献上食物和准备子弹……"

"波特!"

我转过头,看见塔尔西正跑向我。她向我扑来,被我伸开双臂抱住。然后她稍稍向后退开,用双手捧住我的面颊,仔细端详我。

"你还好吗?"她问我。

"很好,甚至没有抬过一根手指头。"我环顾周围,看见了几十张略有些熟悉的面孔都因为营养不良和孤立无助发生了改变。这时,最后一名执法者被推过来,站在希克森和迈拉身边。

"有人受伤吗?"我问塔尔西。

"有些人的身上有点小伤。朱莉正在照顾他们。但她才是真正需要得到照顾的。现在她的情况很不好。"

"这应该是我的责任。看一眼就能知道,她的问题的确比较严重。"

"抱歉我没有直接过来。我必须在培养槽帮忙。"

"别担心,我应该是所有人里最不会出事的。"

凯尔文也过来了。他瞪着希克森的目光如同闪耀的匕首。塔尔西被他脸上的血吓坏了,立刻开始为他清理,并且为他在培养槽打的那一架唠叨个不停。

我从两个人身边走开。我知道在随后的几天和几个星期里还有很多事要做。在回来的路上,我还没有勇气把真相告诉塔尔西,不过我很快就会认真解释我对他们两个的爱,给她自由。

我转向其他殖民者,看见他们在周围站成了一圈。现在所有人都后退了一步,看着我们这个小团队,仿佛在等待我们之中有人说些什么。我看向凯尔文寻求帮助,但他和塔尔西已经站到了一旁。殖民者们都在看着我。

我感到自己是孤身一人,就像殖民AI对我最初的设计一样。人群在期待中安静下来,我忽然意识到是我自己把事情搞反了。殖民AI和它的工程师们不是把我设计成孤身一人,他们只是通过设计其他每一个人,从而确保我是孤独的。我没有任何问题,只不过这里没有足够多像我一样的人。殖民AI并不是要通过把我做成同性恋而避免生物学上的利益冲突。我被设计成同性恋只是为了确保在这一代没有其他和我一样的人。

但我还是可以爱——这一点我非常清楚。塔尔西、凯尔文、史蒂文斯……甚至是迈拉。我爱他们所有人,而且会一直爱他们,虽然我和他们不一样。这才是我的能力。如果说真的有人有问题,那也是那些被他们的程序设计限制住的人,那些心中有恨的人,他们不愿意去爱任何与他们不同的人。

当现实中一场胜利的革命包围了我,一场情感革命似乎也正在我的内心发生。就在此时,我有了一种感觉上深刻而强烈的认知。

我没有问题。

我很好。

至少,我将会很好。

"现在要做什么?"有人喊道。

"我们需要食物!"

我微笑着看向人群,举起双手:"就像我们说的,食物很快就会被送来。我们的朋友们正在树冠上,是他们丢下了给你们的信息。他们还会给你们带来肉和一些我们发现能够食用的绿色叶片。哦,还有你们喜欢的炸弹果!"

有几个人笑了,但更加响亮的显然是许多呻吟声。

"他们该怎么办?"站在前面的一个人指着我身后的执法者问。

"这要由我们全体来决定,"我说道,"我们还有很多事要想清楚该怎么做,但我们一定能做好。就我所知,这个殖民地已经被废弃了,但我们没有。我们会创造我们自己的未来。首先让我们恢复健康。我希望曾经阻碍这一努力的人会改变主意,帮助我们。但也许有一些人终究还是不会改变。我们首先需要想清楚的就是如何组织和管理自己,然后我们可以决定如何才能最好地彼此进行管理。"

人群中响起一阵窃窃私语的声音。"这不会很容易,"我对大家的疑虑表示赞同,"我的职业让我对这件事的难度有明确的认知。而且这颗行星还会给我们带来特殊的困难。不过它仍然是我们的家。"

我向前迈出一步,双手展开。"我们能做好。我们有工具,有土地,有资源。只要我们同心协力,我们就能在这里生活下去,站稳脚跟。但我必须警告你们,我们的斗争不会在这里结束。"

"这将只是开始。"

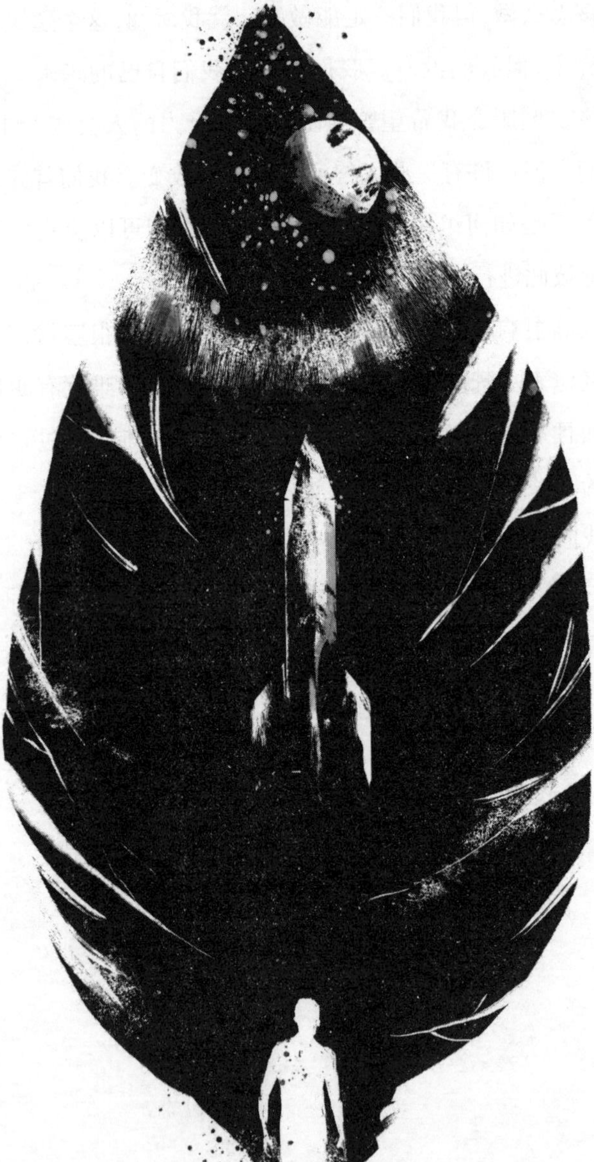

第36章　载荷

今天是我们的生日。今天我们正式一岁了。

经过了差不多一年的时间,几乎完工的火箭矗立在我们面前,如同一支没有点燃的蜡烛,让我们想起在水与火中出生的那一天。

自从我们的革命以后,又过去了将近十一个月。从那时到现在发生了许多改变,不仅限于我们的内心。

我们的行星矿物资源并不丰富,除非我们能发现那些挖地巨兽死亡的地方(如果它们真会死亡的话)。在能够利用它们宝贵的身体之前,我们只能利用殖民船从地球带来的钢铁。那些围栏既然无法保护我们,便成为了我们精炼钢的主要来源之一。小型文尼在耕耘土地的工作中被证明非常有用。它们很难驾驭,但会一直走直线。而且它们很安静,不会像拖拉机那样引来地震。

每一天,我们努力的微小成果都能够从大家的精神状态中看出来。随着情况的不断进展,我们的殖民地越来越有成功的希望。

随着第一次收获的到来,我们的第一批下一代成员也要问世了。很快我们的人数和食物都将发生真正意义上的增加——这是我们来到这里之后的第一次。我们的村庄洋溢着兴奋的情绪。大家都在紧张地猜想我们的下一代会有怎样的未来。这看上去当然很奇怪——他们的职业尚未确定,他们的教育将取决于我们,而不是你们。

当然,并非一切都很完美,我们也没有这样的奢望。我们之间不断出现分歧,我们还在学习解决问题的方法。随着我们人数的增长,我们终究需要正式建立某种政治结构。但正是这些问题标志着我们更加根本性的胜利。我们已经学会将这些挑战看作是发展,而不是破坏。我们生来就是为了斗争。斗争才意味着我们在赢得胜利。希望我们的孩子也会面对类似的挑战。希望他们能够从你们和我们的错误中学到经验。

有一件事丝毫不令人吃惊,我们最大的分歧就是关于这个故事本身。我们之中有许多人在因为我对这一年的记录而感到惊讶。当这个故事开始流传,一些人便为此而高兴,给我提供了很多改进建议,还有我所不具备的观察视角。不过我还是尽量确保它是我的故事——我一个人的故事——以免它会变得太过庞大,从而变得毫无意义。

真正的争论开始于我建议将这个故事发给你们——发给你们所有人。

一开始,这只是个玩笑。这个念头看上去就很疯狂:用我们这枚该死的火箭把我们付出这么大牺牲所保护的信息送出去。

我们谈论它,就像青年人谈论许多事情一样——渴望炫耀自己,蔑视权威,证明我们无所不能。

我们越是嘲笑这个主意,它却变得越真实。"我们不会泄露我们的位置,"有人坚持说,"我们只是送出一个故事。"塔尔西说。"这将是一个警告。"另一个人说。"我们这样做是为了给他们带去苦恼。"(我承认,最后这句是我说的。)

每一个建议都将我们的玩笑变成真实的可能。就像那些用炼金药把铅变成黄金的故事。它变成一场争论,每一个建议都变成了支持它的一票。因此,对于我的故事的真正修改开始了。这一次,我们改了名字和各种小细节,还有一切可能暴露我们位置的东西。

其余的事实都得到了尽可能真实的陈述。有一点毋庸置疑:一个被你们流产的殖民地生存了下来。而且我们把我们的故事传回给你们。如果你们在读这个故事,就代表我们的火箭已经成功发射。所以你可以现象一下:覆盖大地的浓密树冠中有一个大洞。我们就站在那个大洞下面,扬起下巴,眼睛里充满泪水,看着火箭升上天空,消失在我们的视野中。我们从来都不想建造它,但它的发射出自于我们的意愿。

希望这个计划能顺利进行。按照计划,我们不会把火箭直接发射到你们那里。它会绕一个大圈。不只是为了让你们更晚得到信息,还为了扰乱你们的追踪。我们真诚地希望你们可以得到这份信息。它来自于一个被流产的世界,但那个世界最终还是克服许多困难生存了下来。我们还活着,而且即将迎来属于自己的繁荣。我们的行星隐藏着一个秘密,能够将整颗行星变成有组织、有价值的金属世界——但我们将确保你们永远得不到这份财富。

根据殖民地数据库中的记录,在我们这个殖民地开始建立时,被流产的殖民地已经超过了一万两千个。还有几千个殖民地从没有传回过任何信息。没有人知道他们是否在行星上成功降落,还是选择了其他更合适的地方。我们可以为你们把这种怀疑范围缩小:我们就是那些殖民地之一。来找我们吧,如果你们能做到。尽管浪费资源来确认有哪颗曾经不被你们看好的行星却掌握着你们梦想的钥匙吧。

对于每一个错误的答案,请注明你们造成的毁坏,注明大地上的那个深坑——盖革计数器(注:用于测量放射性)能够揭示,有过五百个没有成形的人类死在那里。你们应该知道,在你们无情的计算中,被你们杀死的不仅仅是他们。你们杀死了他们之后的每一代人。只要有一个机会,那些人本来都会拥有自己的生活。你们摧毁了他们的生活,为了保护你们的专利。

我们所做的则恰恰相反。我们摧毁了你们最伟大的专利,为了创造新的生活。我们选择拯救我们这可怜的五十三个人。

啊,不过很快就会是五十四个了。

以后还会有更多。

译后记

康德说:"人是目的,不是工具。"

中国也有一句很相似的老话——命非草。

哪怕面对茫茫宇宙、浩瀚沙漠,或是文明毁灭后的末世荒原,人也能够改造环境,利用一切材料为自己建造家园,营建起异星营地、沙漠小镇、与世隔绝的地下堡垒,甚而开发出潜入沙海、生存于太空、在封闭地堡中实现生态自循环的技术。

无论在什么样的环境里,人都会辛勤工作,努力地生存下去,通过建设让自己拥有不同于草木的生活。

直到他们被另一些人——被那些自诩为管理者和高等人类的人作为工具消耗干净,或者干脆毁掉。

但无论怎样,命非草,人不是工具。

休·豪伊讲述的,就是这样一些故事——建设超越毁灭,智慧、勇气和牺牲最终战胜看似无比强大的力量。世界可能变得灰暗,但总会有人性在发光,就如同黑色的宇宙中,一定有勇敢闪烁的点点繁星。

压垮我们的不是逆境,而是我们自己的忧虑和畏惧。这一点我们都知道,但知道不代表不会在畏惧和疑虑中泥足深陷。所以这些逆境中人们奋力前行的故事,或许会为我们增添一份心灵的力量。

——李镭